扛住就不会输

梁佑宁 著

江苏凤凰文艺出版社
JIANGSU PHOENIX LITERATURE AND
ART PUBLISHING

图书在版编目（CIP）数据

扛住就不会输 / 梁佑宁著. -- 南京：江苏凤凰文
艺出版社, 2020.11
ISBN 978-7-5594-5295-5

Ⅰ.①扛… Ⅱ.①梁… Ⅲ.①随笔 – 作品集 – 中国 –
当代 Ⅳ.①I267.1

中国版本图书馆CIP数据核字(2020)第201971号

扛住就不会输

梁佑宁　著

责任编辑　李龙姣
策划编辑　薛纪雨　高　超
装帧设计　仙境设计
出版发行　江苏凤凰文艺出版社
　　　　　南京市中央路 165 号，邮编：210009
网　　址　http://www.jswenyi.com
印　　刷　唐山富达印务有限公司
开　　本　880 毫米 ×1230 毫米　1/32
印　　张　8
字　　数　150 千字
版　　次　2020 年 11 月第 1 版
印　　次　2020 年 11 月第 1 次印刷
书　　号　ISBN 978-7-5594-5295-5
定　　价　45.00 元

江苏凤凰文艺版图书凡印刷、装订错误，可向出版社调换，联系电话025-83280257

目录CONTENTS

岁月待我有多好，我还没有全知道

Part 1 ＿

· · ·

我相信，一定会有好事发生

· · ·

在我看来，人生没有太晚的
开始，只有过早的结束。生活教
会我的，我都已经全部领教，而
我作为学徒，希望有机会回击。

001

不知道是从哪一天起，我开始有了积攒废品的习惯。

喝完的矿泉水、饮料以及可乐的瓶子，收到的快递的包装纸盒，甚至是外卖包装的小纸盒，我都会存下来，积攒到足够多的时候，就拿塑料袋装起来，给那位经常在楼下垃圾桶前捡垃圾的阿姨送去。

几乎每个我出现在小区的时刻，我都能看见她：清晨六点半我到楼下遛狗时，晚上七点我准时到达小区时，或是偶尔下楼去丢垃圾时。你总能看到那样一个画面——一个年迈的人佝偻着身子，俯身用一根自备的特殊铁棍，伸到垃圾桶里挑挑拣拣，把能变卖的东西挑出来放在自己电动车上巨型的垃圾袋中，收拾完毕之后，再骑上电动车"奔赴"下一个垃圾桶。

有一次我实在没忍住，牵着狗走到她面前，问清楚她是否需要之后，我开始往她住的楼层电梯口边放可回收的废品。

每天早上上班前，我都会将攒好的一批废品放在电梯口边，等她收走。

002

其实我一直不清楚，别人看到这样的人和画面时会是什么样的感受，但有一点我是肯定的，很少有人会产生跟我一样的想法——

我害怕。

说这句话不是矫情，是担忧，是极度不自信所带来的深深的恐惧。我害怕等我到了像她那样的年纪时，会一样俯身到垃圾桶里去挑拣能卖的废品，惶惶度日。

不是看不起，而是不想如此辛苦。是觉得养儿育女，辛苦一辈子了，该休息该享福了，但偏偏没有。如果条件好点，谁不愿意去跳广场舞，做广场上最靓的阿姨？

003

我的害怕是有原因的。

有一段过往，在我心中尘封了很多年，到目前为止，我几乎没有和任何人讲过。有些往事我只当往事，不想去回忆，是因为每当想起来的时候，当时的情景就像是发生在昨天一样，仍那么清晰，让人难受。

我生活在一个北方小镇。那时候我家里有一块宅基地，是一片湖，有一天，镇子上的垃圾突然就开始往湖里填了，又过了好多年，那上面盖了一栋房子，是我家。

我要说的不是盖房子的事儿，是垃圾。

那时候我读初中二年级，跟奶奶生活在一起。每天早上我都能听到拖拉机的声音、卸垃圾的声音，我起床洗漱出门上学，我奶奶，一个六旬老人就扛着一个耙子，去偌大的垃圾堆边处理垃圾，顺便把能变卖的垃圾拣出来。

把捡好的垃圾装到袋子里，堆到院子里，最后被别人收走，换来几块钱。最后那些钱，成了我买早餐、买文具的钱。

直至现在，我仍然记得那个画面。天昏地暗，太阳都未曾舍得露脸，佝偻着背的老人扛着一个耙子，站在如山的垃圾前。她面对的不仅是垃圾，还有人生的磨难。

我从前羞于讲此事，因为我不想让别人知道。但现在回想起来，我却觉得无比幸福。一个老人，给了我她能给我的一切。

我想起前段时间看到一个印度电影，一个孩子追着妈妈问："我们穷吗？"妈妈说："不穷。"孩子不解："可是别人都说我们穷。"妈妈笃定地说："只要妈妈和你在一起，有爱，就不穷。"

是啊，从前我也这么想，但现在我不这么想了，因为我这辈子最后悔的事，就是我早些年不努力，没能报答我奶奶。

004

穷，像是一粒种子，在我心里生了根。后来的很多年，我都无法把它完全拔干净。为什么？根须蔓延太深了。

我特别早就不读书了。

第一份工作是在广州的皮鞋厂里面做抛光工人。去广州的时候，我身上拢共200块钱，买完火车票还剩下98块。当时年纪小，甚至连自己所处的城市都没有离开过。忽然到了一个大城市里，难免会对眼前的一切都感到新奇，孩子似的惊叹层出不穷——怎么有那么多好吃的零食，那么多好喝的汽水。

98 块很快花完。最惨的时候，我连着一周喝从生锈的水龙头里流出来的自来水，偷偷跟车间里面的其他人学着做别的工种，只为赚点儿外快。

那是我小一些的时候。我没有什么野心，甚至不稀罕拼命，充其量只想去外面的世界看看。

005

我真正第一次受挫，是在北京。

2007 年 9 月，我初到北京，无处可去，刚好表哥在一个保安队做队长，于是他就给我安排了一份保安的工作。

我上的是夜班，寒冬腊月，别人都在睡觉，一个瘦弱如鸡崽子的我坐在走廊过道里。后来，我觉得实在无聊，就拿着记事本和中性笔，在纸上开始写故事。

有一晚，另外一个保安队长喝多了，过来查岗的时候，看到我在纸上写东西。他醉醺醺地问我："你在干吗？"我如实回答："写小说。"

我早已忘记他的长相了，但是我至今仍记得他脸上轻蔑的笑，他用那种鄙夷、轻视、不可置信的眼神打量着我，然后抬起手来用力地在我的胸口捶了两下："你他妈就是个破保安，装什么装？"说着，把我的记事本撕得粉碎。

我当时眼里噙着泪，只有一个想法——

不能丢了尊严，我必须做到被人尊重，不再被羞辱。

006

还有一件事，我也记得很清楚。

这得回到 2008 年。那时候我在西安，靠给杂志写稿子赚点钱，当时因为性格问题，难以应对工作。还记得我被一家杂志社拖欠稿费，所有人都在指责这家杂志社无良时，只有我一个人把电话打到了当地出版局。

结果当然是我成功追回了稿费，虽然是打了折的，不足 500 元。

我记得那个好得不得了的负责此事的科长，也记得那个社长在电话里质问我："就这么点儿钱，至于吗？"

我笑了。你一个社长，没资格质问一个盖着黑心棉被，洗澡的时候绿色的脏水顺着身体往下流的人；没资格质问一个住在 200 块钱、下雨时会漏水的民建房的年轻人；没资格质问一个拿着 23 张一毛钱去买来一碗馄饨，吃了馄饨留下汤，再去煮一锅米饭吃三天的年轻人；没资格质问一个十几岁出来讨生活的年轻人。

你不配你不配你不配你不配啊！你真的不配啊！真的，你没资格。我辛苦赚来的钱，你凭什么不给我？做正确的事，争取该争取的一切，这是当时的我唯一想到的。

现在再回想起来，我挺心疼我自己的，但又感谢当时的自己，如果不是当年受过的磨难，谁又想到要去拼命改写自己的命运？

007

我曾经是个极度不自信的人。

不信自己能做成什么，甚至经常会有这样的错觉：自己一路走来，都是靠别人的帮衬，或者是被别人推着往前走的，是个缺少勇气的人。但是时至今日再去仔细想想，好像也不全是。别人是给了你机会，但如果不是你做得还不错，别人怎么会再给你机会？

有的人天生幸运，有人注定劳劳碌碌。

出来的这些年，我见到过太多的人，听过或是经历过太多的故事。

我见过有人拿洗洁精洗脸，他给我的答案是：干净柔和不刺激，最关键是便宜。

我见过有人做饭只放一滴油、一点儿盐，他给我的答案是：从前家里穷，晚上饿得受不了的时候，就会跑到学校外面的菜地里偷白菜、萝卜、大葱吃，现在能吃水煮菜也很不错了。他的目标是买一套房。

我听过一个阿姨的故事。她遇人不淑嫁了一个赌鬼，后来决定干脆离婚逃跑，再也不要见到那个人渣，但最终自己也沉迷于牌场。

一个人心里想的是什么，看到的便是什么，这是我忽然明白的一件事。我总是这样，实在没办法，我的成长总比别人晚一些，但还好，也算是成长。

008

很多年前，当时我还是个郁郁少年，对一切都不确信，悲观看世界，像中岛美嘉唱的那样，"曾经我也想过一了百了"。但是后来越来越笃定，对于如何活着这件事，我必定有机会，也有能力去做到最好。

要不人们怎么总说：去日苦短，来日方长。

大多数人觉得：当人们意识到什么才是最重要的时候，往往为时已晚。但我并不这么认为，在我看来，人生没有太晚的开始，只有过早的结束。生活教会我的，我都已经全部领教，而我作为学徒，希望有机会回击。

前段时间，和朋友小聚，酒多上头——这么多年来，我扛得住一切，就是扛不住酒精。两人决定在寒风中散步醒醒酒，我看着夜色中形形色色、匆匆忙忙的人，问他："为什么每个人都活成了一个样？"

他没有回答我，而是问了我一个问题："你愿意贫穷吗？"

"当然不愿意。"这是一个标准答案，没有其他选项。

他笑了，看着我说："对。那我来回答你的第一个问题，这是30岁教会我的一个道理，他们之所以都活成了一个样，是因为他们跟你、跟我都一样，是人群中再平凡不过的人。他们不想死，更不想穷，他们跟你我一样，都发誓不服输，要拼到最后。"

我相信，一定会有好事发生。

. . .

我想听见掌声

. . .

每个人都未来可期。如果你
能为他指一条路，一定不要灭了
他心中的灯。

001

小学三年级，第一次写作文，老师以击鼓传花的形式来鼓励我们朗读自己的作文。其实就是一篇小文章，描写一个同学的特点，让别人去猜写的是谁。那次我得到了奖品——一支钢笔。语文老师名叫李霞，她说："你作文写得特别好，一定要加油。"

当时年纪小，得到一个奖励都能开心很久。

而因为作文写得好，老师似乎也会对你偏爱几分。我们全班都很喜欢李霞老师，所以当她被调去别的学校时，我们班同学趴在二楼的栏杆上哭得惊天动地，她也哭得不行。

后来，有次她回学校办事，不知道是谁喊了一声"李老师回来了"，我们班同学集体跑出去大喊"李老师"，她站在阳光下冲我们微笑。

002

初中二年级，我们班主任是语文老师，与我妈同名。

那时候我妈远在新疆，常年见不到她，于是我连带着对那个名字都有几分亲昵。那会儿写日记，别人都愁不知道写什么，我呢，就把每篇日记写成小说，当然，可能很烂。但她竟然也全部都看完了，甚至还会写一些话，鼓励我要坚持写下去。

我升初三那年，她把我的那本日记留下了，说是要给下一届的学生们看看，让他们学习。

我初中二年级的英语老师，是个年轻的男生，高个儿、略胖，是个文艺青年。

那会儿上课，听力是放的磁带，他呢，课程结束后会给我们放歌，朴树的《白桦林》《那些花儿》《我去2000年》都是从他那听来的。

偶尔看到我们班上的同学上课睡觉，他也不生气，笑眯眯地说："做白日梦是好事啊，只有有了白日梦，才会愿意为之努力奋斗。"

现在想想这话，简直是至理名言。

003

初三的时候，我的班主任是位教物理的男士，叫什么我早忘了。但我记得他的长相，留着和郭富城一样的发型，嘴巴有点儿凸，戴一副金边儿眼镜。

他上课的时候总是很凶，曾经说我"字儿写得挺好看，成绩要是也好看点儿就好了"，说我那个学霸同桌"长得挺好看，一肚子青菜屎"，甚至会动手打不那么听话的学生。这直接导致我一度很讨厌物理课。

某次他甚至把我爸叫到学校，下了晚自习，他们两个人在聊天，我在旁边听着。他跟我爸说："你儿子物理学得不行，将来也不会考上个好学校的，你还不如把他送到技校去，学个技术将来有口饭吃。"

我当时看着他，觉得他嘴真凸，说话没有一点儿遮拦。

这些话真心也好，假意也罢，但都丝毫没有影响我继续读书。这么想想，我爸挺尊重我的，一直没有因为别人的建议就去安排我的人生。

004

读高中的时候，我的语文老师姓任。

在我们那所不怎么知名却也出过考上清华的学生的三流高中里，她算是一个特立独行的人。她爱人在部队，她呢，自己带着孩子，在我们学校教书，还似乎有些不合群，经常能看见她独自拿着一本书走在学校的香樟树下。

这个画面哪怕时隔十余年，我还能记得特别清楚。

高中学现代诗，我就写现代诗；学散文，我就写散文。当时学校的校报，是每个班级轮流来办的，轮到我们班时，她就让我负责办报。

多年之后，我在杂志社就职，作为一个小编辑，看着文字印刷出来，闻着散发的墨香，我还能想起做校报的时光。

那会儿我写了一个小故事，她说："要不咱们试试投稿吧？"虽然稿子未被选上，但她一直鼓励我写下去。

年少时，寻常小事都是天大的事儿，悲观看世界也是常有的事。她从我的文字里看出来这些，告诉我："写得好，但长此以往，只会越来越窄，你要有所改变。"

后来，她去一所私立高中做老师，不再担任我们老师。

005

新来的老师呢，很巧，是我读初三时的语文老师。

她一直不喜欢我，给我的作文打零分，甚至就连我造的句子都被她批得一无是处。我年少气盛不服软，她也发了火："你不要以为你会写点儿东西就觉得自己多了不起！你有本事出本书去！"

此后多年辗转，有辛苦，有收获，但自己一直都没忘记这句话，心里憋着一口气。后来，终于出书了，我第一个想到的的确是那个打击我最深的人，有人说："你就该把书寄给她，让她好好看一看。"

我反而释怀了。只是略感遗憾：如果当时读完高中，上了大学，或许人生会比现在好。但 Plan B 里的我，未必有 Plan A 里的我活得精彩，人生有时候就是这样，很多事情无法衡量。

006

十多年后，我再度联系上了任老师。

人生最难的是失而复得，我原以为她早不记得我了，但是没想到，她记得。听我絮絮叨叨地讲完自己这十几年发生的一切后，她沉默了很久，说了这样一段话，大意是：我觉得很抱歉，有些对不起你，如果我还在那所学校，就不会发生这些。

这句话反而让我内疚了。各有各的人生路要走，我有什么理由让她来为我的人生负责呢，又怎么会责怪说都是因为你走了，我才不继续读书了？

不是那样的，那是我自己的选择，无论对错，都是我一个人的事。后来她说："你要记得，在老师这里啊，你永远是最特别的那一个，这么多年，没变过。"

我还在读书的时候，常被人问，长大了想干吗？这么多年，我的想法从未变过：第一是做一个语文老师，第二是当一个作家。但是现在，老师当不了，作家算不上，最多是个码字工，可道路且长着呢，理想未必不会实现。

而我时常在想的一个问题是：一个老师对一个学生的影响到底有多大？

不是每个人考试都能及格，也不是每个人都能学好每一科，学习不好不一定是没努力。但是每个人都未来可期。如果你能为他指一条路，一定不要灭了他心中的灯。

0 0 7

这么多年，在身边的很多人看来，我简直就是一个励志的典范。

　　说句不要脸的话，我也时常觉得如此，毕竟高中没毕业，从工厂辗转到各行各业，摆过地摊当过保安，还当过流水线工人，最苦最穷时流落街头，可，最终实现人生梦想之一。这确实称得上励志。

　　但我从不以此为傲，甚至经常因为读书少而底气不足。我总觉得，与同事相比，很多专业性的东西我懂得不多，谈恋爱时，我会觉得我学历不高，有深深的自卑感。

　　更因为人生里吃过的苦，而不想成为一个尖酸刻薄的人。也是如此，我一直都想要成为一个温柔的人。力量无须通过恶言相向来证明，也无须通过打击别人来抬高自己。

　　也因此，我要比寻常人更努力一些。努力的根本原因，是担心自己配不上自己拥有的一切。

　　做到领导层之后，我一直都很少对部门的人发火，任何时候几乎都是鼓励再鼓励，有问题解决问题。甚至当有人跟我提辞职时，问完对方的规划后，我选择放手，同时也会用自己仅有的人生经历来提醒对方需要注意的事项。可能有点儿讨厌，但不是好为人师，而是真心希望他未来的路能走得更好。

　　我不是个擅长打击别人的人，也未曾感谢人生里所遭遇的那些打击。

　　比起打击别人，我更希望自己是为他加油鼓气的人。

　　人生或许会有打击，但我不希望，那个打击他们的人是我。

　　我希望他们每次面对人生难题、困境时，会想起，曾经有个人鼓励他、安抚他，无条件信任他，让他坚信自己可以做到。

　　哪怕一丁点儿，也足够了。

　　毕竟，星火可燎原。

. . .

没有孤独，就没有我

. . .

　　我曾高看过孤独，觉得它大
到足以压死一个人，但我也低估
过孤独。原来最深的孤独，带给
人们的，是一种向上的力量。

001

爸妈离婚那年，我 7 岁。

离婚证书与离婚协议，是我意外发现的。原本被爸仔细藏在柜子里的秘密，就那么出现在了我眼前。

我入学早，7 岁时已经在读三年级，又因为打小喜欢看书，到那个年纪已识字不少。所以，对于离婚协议里的字眼与条款，阅读与理解起来倒也不是一件难事。

那是个夏日的黄昏，闷热的空气把人压得喘不过气来，太阳拖着疲惫的步子慢悠悠地往下沉，橘色日光隔窗微微照进昏暗的房间，笼罩了站在柜子前的我。仔仔细细阅读完那几页纸，我将它们归回原处，又给柜子落上了锁，才走了出去。

此时，天已经黑了下来，有下雨的阵仗。起风了，有树叶从枝干上落下，凌空盘旋一阵儿，落在地上。虽说当时年幼，伤心似乎也来得要容易一些，但在那一刻，我的内心却平静得毫无波澜，就好像我只是看了一本小说而已，一切与我无关。

晚上爸回来，做了晚饭，我们两人用完餐，他外出有事，我洗漱之后早早躺在床上。周末结束，明日还要去上课，需要早起，不能迟到。

躺在床上后，整个人好像才恢复了意识，内心里有个声音不断在说：从此，你就是个单亲家庭的孩子了，妈妈将不在身边，并就此错过你的成长。

眼泪倏然而下，原来书上说的"泪断行时呈珠状滚落"，是真的，并非夸大其词。我关了灯，头侧枕在妈买的荞麦枕头上。荞麦枕被压出一个窝，我眼睛盯着窗外的树影，内心惶惶。

年岁虽小，但心里隐隐产生一个想法：对于离婚夫妻而言，孩子归谁、与谁生活，是离婚协议条款中的一条，那些孩子似乎并非因爱来到世上，而更像一件商品，价高者可得，价低者便失了各种权利。

在那个年纪，我曾固执地这样认为，且对此观点深信不疑。

002

爸那时常年在外工作，即便我被判给他，与他生活，可以他当时的条件与能力，带我一起去外地，简直是天方夜谭。

由谁来照料我的生活，成了一大难题。

当时我只有一个选择，就是去姑姑家跟奶奶一起生活。但我自小就是个敏感的人，觉得即便是亲人，去了也一样是寄人篱下，远不如在自己家生活自在，便回绝了大人们的要求，倔强说自己一样可以生活，甚至为此，还躲着为自己操心的姑姑和奶奶。

那时候的我，是个脆弱、敏感，脾气又有些古怪的小孩儿，无奈之下，他们只能任由我如此，但会时不时来看看给我添置些什么，或是做好了饭叫上我去用餐。

　　没人做饭，就自己来。我个子矮，常常需要踩在凳子上，才能够着煤气灶做饭。最开始，蒸的米是夹生的；煮的绿豆粥没有滚开；菜要么烟了，要么失手放多了调料，难以下咽。但也渐渐掌握了技巧，没多久，我就会做不少菜了，甚至还学会了烙饼和包饺子。

　　没人洗衣服，一样自己来。大冬天打盆水，搓是没力气搓，就将衣服铺在搓衣板上，拿着刷子使劲刷，洗涮完毕，再挂到晾衣架上。

　　那时候，我甚至还学会了模仿我爸的字迹，给自己的试卷上签字。

　　得知他们离婚之后，我常常会无端地就哭起来：在课堂上，老师讲课的时候，我哭；体育课上，别人在玩游戏，我哭；回家的路上，想起之前都是妈妈接我放学，继续哭。

　　因为哭，我被孤立过。原因是，当时的一位老师跟班里的其他同学说："他那么爱哭，你们不准跟他玩。"

　　爱哭，在别人看来，好像是一件天大的错事一样，别人甚至未曾问及缘由，也不曾给予安慰，就怂恿着周围的人别与这个"爱哭鬼"当朋友。

　　人生里头一次觉得孤独，是在 7 岁那一年。那一年，孤独朝我挥了挥手，向我打开了大门。而我，从此成了它的常客。

003

那时候我最怕的是过年。

一年一次，家家户户贴对联、包饺子、置办年货。而我，则在家中等着爸回来。与我同龄的孩子，早早穿上了新衣，兜里揣着零花钱去商店里买上一盒鞭炮，结伴一起疯玩。那个时候，我坐在家里翻着厚厚的一本武侠小说，跟自己说："有些人此生是注定要当独行侠的。"

可我最盼的，也永远是过年。

因为每年的那一天，吃过饺子，别人忙着放烟花的时候，我家里的电话就会响起来。那是妈打来的。人在千里之外，可一线让我们连了音。但因为长时间不在一起生活，那个年岁的我，人小又羞于表达，通常也只草草聊上几句，就此挂断电话。

没有人知道，那些年，电话中那几句极少的话语，足够温暖我很久。而每年，别人合家团聚时，我心中永永远远只想着一件事：如果爸妈没离婚就好了。

可人生没有如果。

那些年，妈偶尔会寄一些衣服回来，虽说是按照我的年纪所购，可因为没有当场试穿，到底不太合身。寄回来的鞋常常会小，穿到脚上后，脚趾全部挤到一起，生疼。但我却愿意穿，因为是妈妈买来的。

　　每当穿上鞋子，在路上奔跑起来时，我总觉得她就驻足在旁，参与了我那孤独的生活。

　　盼着过年的原因，还有一点，是因为过年亲戚来拜访时，时常会带着礼品。整箱的方便面、黄桃罐头、桃酥饼干，又或是一箱牛奶。而这些，足够我吃上很久。

０ ０ ４

　　辍学之后，自己一个人买了车票，直奔深圳，进了工厂。

　　多年独自生活，让我整个人有些"独"，又因为自觉与其他人喜好不同，所以鲜少想着去交朋友这件事。在数百人的工厂内，我仿佛一个异类，没有朋友，也似乎没有任何喜好，独自上下班，独自去食堂吃饭，独自去超市采买生活必需品。

　　在工厂那几年，我开始害怕过周末了。

　　每逢周末，厂里的工友，都会相约一起去公用电话店铺，给家里人打电话，一毛五分钱一分钟的长途，别人常常能聊上很久，回来时，有人脸上带笑，有人眼圈红红。

　　而我，那几年与爸关系紧张，与妈常年没一起生活，也少有联系，于是就没有打电话的习惯。人生无事与旁人讲，有事也强行逼迫自己自我消化。更多的时候，我会去超市门口的点唱机前，换上几枚硬币，唱几首歌，再起身走到不远处的溜冰场，穿上溜冰鞋，混迹到人群中。

那时候，我已经很少觉得孤独了，只有在某些时刻，身旁有穿着溜冰鞋的小朋友颤颤巍巍滑过时，才会想起从前来。

我能这么熟练地滑冰，还是因为小时候街上开了头一家溜冰场，妈带我去学的。她弯腰扶着我，指导我如何让身体保持平衡，如何缓缓滑出第一步，在我渐渐掌握技巧后，她就站在一角，看着我在人群中穿梭，每次我快要到她身旁时，她永远张开双臂等着我。

那时候，我总觉得偶尔还会萌生孤独感，是件太过可耻的事。它会不时地提醒你，你曾不孤单，你也曾拥有全部的爱，你也曾与旁人的生活无甚差别。

但有时候，我又感谢这份孤独，是因为它的出现，让我这些年在无限大的世界里，学会了一个人也能好好生活。

同时，也因为长时间的独处，我比其他人拥有更多的时间去审视那自以为脆弱的心，才发现这些年来，其实它跳动有力，且让我对往后余生充满希望。

005

奶奶去世那年，我接到消息后，匆匆赶回家里。

从前，我常觉得人生里最痛的事，莫过于至亲离世，此后再无机会相见。而亲人的离世，孤独与伤心，是他们唯一馈赠给还活着的人的遗产。正是因为如此，我鲜少谈及生死，因为不愿面对。

但奶奶去世时，我并未太过悲恸，大脑也非常清醒。第一时间去找领导请假、购买车票、回到住处收拾行李，一切妥帖之后，我赶往车站。这一切，进行得比我预想的要平静许多。

回到家中时，已经是深夜。爸在车站接到我，只看我一眼，就没忍住哭了起来。我才发现，这个在我印象中总是对一切看似不在意的人，竟然是个感性的人。

爸妈离婚后，我独自生活了一阵子，最后是奶奶搬入我家，一天天将我带大。在所有小辈里，我与她之间的感情是最为深刻的。也因此，所有的亲人，都担心我会伤心过度，但事实并非如此。

白绫绕在门框，刺目灯光直射而来，我大步走进去，只一眼，便看到躺在棺木中的奶奶。她走得尚算安详，从最后留在脸上的表情可以看出：穿戴干净，如她生前交代的一样，未换丧衣，身着常服。我看着她，并不觉得害怕，只是觉得她将永远长睡下去了。

夏日炎热，冰棺起了一层雾气，我拿起抹布，细细将雾水擦去，又清清楚楚看她一眼。

那晚，我守在一旁，想起曾经与奶奶一起生活的种种，没忍住笑了，然后眼泪也跟着掉下来。

我人生里，最长的一段温暖时光，是和奶奶共同度过的。也是因为她，我觉得孤独是可以挨过去的事。我的确失去了父母的关怀，但也因此得到了她的那一份，那一份愈来愈浓的关爱。

少年时，我常常会思考同一个问题，奶奶去世后，我独自活着有何意义？那些年，心中给出的答案，从来都是悲观的那一个。

但在某一晚，我望着门外一轮明月，星星略发出光来，风摇动树叶。那一刻的我，心中的想法是：世上最爱我的那个人去了，这是事实，我可以为此难过，甚至承受孤独，但我永不会为此悲伤过度，反而要加倍努力去生活。

为我自己那一份儿，也为奶奶的那一份儿。

我曾高看过孤独，觉得它大到足以压死一个人，但我也低估过孤独。原来最深的孤独，带给人们的，是一种向上的力量。只不过，我一时不曾感知罢了。

006

我常常会觉得，其实在外的这些年，与身边的不少人相比，我在面对生活这件事上做得还不错。我似乎总能把所有的事情处理妥当，甚至处理得比绝大多数人更得心应手一些。

就像人生里遇到难以抉择的事情时，我无须与旁人讨论，更不需要去征求别人的意见。不是因为不愿听别人的建议，而是因为我多年独自生活，早已习惯了凡事都由自己一人来应对，也不想把烦心事讲给身边的人听，到头来，不过徒增一人担忧罢了。

也因此，这些年来，不论在面对何种问题时，我首先想到的，永远是先让自己理清问题，分析做出每个选择后可能会发生的连锁反应，最终从这些答案中，挑选出最适合自己的解决方式。

我更明白一件事：所做的任何选择，发生好结果时，为自己鼓掌；碰上坏局面，也别为此气馁，反而要感激人生再为我增添智慧。因为我一早明白，抱怨无用，只会徒增烦恼。

这是独自生活赋予我的权利和能力，这是孤独所造就的我。

其实，对于很多人而言，人生里都会有倍感孤独的时刻吧？而孤独，就像是人生的一门必修课，人人不可逃避，也无法逃避。

而最终，当我们蹚过这段黑暗的时光，都会明白一件事：在成长中，原本就有大部分时光，是一个人跌跌撞撞走向前方，许多人生大事、很多重大抉择，等着我们独自完成。

在此过程中，我们终会懂得，人生里的很多事，原本就只能依靠自己，而自己原就是自己的最好伙伴。

﹒
﹒
﹒

不为什么，为自己

﹒
﹒
﹒

有时候，人生里有些事、有些不解的问题，其实是永远没有答案的。每当遭遇此种事，只需要记住：不必问。

001

初中二年级，整个年级有两样东西最流行：一个是 Walkman（随身听），另一个则是可携带式电子游戏机。

其中电子游戏机更受欢迎，基本上人手一个。大家像着了魔一样，而我也没能逃过这一流行大趋势，跟风买了一个，塞到了课桌里。

结果，那天上午，第一节语文课，身为班主任的语文老师刚走进教室，就站在讲台上严肃地说："最近不断有老师跟我反映，有不少同学把游戏机带到了班上，甚至有人连上课都在玩，简直太不像话了！这节课不用上了，检查课桌，我今天倒要看看，到底是谁带了游戏机来。"

上课铃声响起之前，我还在为新到手的游戏机开心。没承想，这开心短暂到没超过十分钟。尤其是，我当时还担任班干部，老师们素来也都对我印象不差。如果老师待会儿从我的课桌里搜出游戏机来，可想而知会有多生气。

如此想想，一时之间，我难免有些慌神，哆嗦着把手伸到课桌里，想要尽快把游戏机塞到衣服口袋里。谁知道，因为太紧张，在拿游戏机的时候，直接碰到了开关。安静的课堂上，游戏机开机的声音分外刺耳，我手忙脚乱一通乱按，这才没了声响。教室又恢复了最初的寂静。

目光在班级里扫视一圈儿，老师没好气地说："我才刚说完，这就有人忍不住要打游戏了是吗？到底谁拿的，别等我去搜，自己主动点儿。"

我低着头，缓缓将手举了起来。

老师看我一眼，声音也提高了一度："手举得那么高，是不是觉得自己特别光荣？"

那节课当然没学习，但也没有搜整个班级的课桌，而是变成了批评我的专场。老师苦口婆心地说着，我站在那里，一句也没听进去，心中只觉得有些委屈。

为什么会有委屈这种情绪？

我带游戏机到学校，确实不应该；可之所以举手，并非觉得自己特别，而是想着首先承认所犯的错误。

下课后，跟我一向交好的同学坐在一旁，看我脸色悻悻，还是没忍住责怪我："你说你举手干吗？班里那么多人都带了，又不是就你一个人。而且你都把声音关了，老师真能知道是谁的游戏机发出来的声音吗？"

很遗憾，我所接受的教育，从未教过我，如何成为一个逃避责任者；同时，我心里也万分庆幸，自己并没有像同学说的那样去做。

002

升入高中之后，授课的语文老师与从前教我的那些老师不同。

在她看来，就算我语文确实考了高分，多半也是运气使然。而她，更是一度将我视为怪胎。原因嘛，我并未有机会得知，也无心询问。

有次期中考试，试卷上有道题目是要求以相同句式造句，出卷者给出的例子是：芝麻，每开出一朵花来，就会结出一粒果实。

时间久远，我忘记的事情不在少数，唯独这一件，我记得清清楚楚，似乎是随着我的笔迹，被我一笔一画刻进了自己的人生里。

我的回答是：人，每出生一个，世上就多了一方坟墓。

需要说明一件事，早些年，在人群中，我总是那个显得有些郁郁寡欢的人。对于一个悲观的人而言，眼睛所能看见和感知的一切，似乎都被蒙上了一层名为悲伤的滤镜。

卷子发放下来时，我看了一眼成绩，有些吃惊，作为学生读书多年，语文成绩不及格还是头一次。粗略扫了一眼被老师判为错误的题目，那个造句一旁，红叉打得尤其大。这就算了，最让我意外的是，我的作文直接被她评为零分。

升高中时，我语文成绩近乎满分，只有作文被扣掉两分。人生头一回得此对待，当时整个人又羞又愤，我没忍住，趴在课桌上痛哭了一场。

哭完之后，抹去眼泪，才逐渐冷静下来。当下我做了一个决定，拿着试卷去老师办公室。

原因简单，心有疑惑，不问难解。

学校占地不大，老师办公室只需穿过种了两排香樟树的林荫小道，在尽头右转即到。

走到门口，手在门上叩了两下，这才走了进去。

"老师，您能不能告诉我，这道题，为什么您判我写错了？还有就是，为什么您给我写的作文打了零分，能告诉我原因吗？"

我将试卷摊开在她的面前，眼神望向她。

003

桌上有个相框，原木制，九寸大小，照片上的人，是她女儿。她女儿看起来年纪与我相仿，应该也在读书。

老师坐在椅子上，未曾正眼看我。她手中端着茶杯吹了两下，浮在上头的茶叶受了力，又缓缓沉入杯底。

茶叶由沉转浮，所费精力无法估量，但偏偏他人的一个举动，就能轻易抹去它的所有努力。几泡下来后，变得寡淡无味，最后，被作为废弃物处理。

这是茶叶的一生，而我当时的遭遇，自觉从某种意义上来说，与茶叶无异，所有努力都是白费一场，并且轻易就能被抹去。

她饮了一口茶，言语淡漠："这道题为什么判你是错的，为什么没给你分儿，还用问吗？我教了那么多学生，就没见过像你这么心理阴暗的，你心胸能不能不要那么狭隘？"

恶言相向从来不需要成本，甚至，有时候说这些话、有这样行为的人，他们根本从未想过去查证、去询问那些被他们随意指责、评论的人曾经历过什么。

必须承认，有那么几年，与其他人相比，我的性格是有那么一些古怪，有些不合群，但当真说我心理阴暗，我不能、也绝不接受。

无心交战，只为求解。

我指着那道题，继续问："先不说积极消极的问题，咱们就针对题目本身，这道题明确要求根据该句式造句，我的答案真的算错吗？"

兴许是因为从没有学生像我这样，理直气壮地站在办公室里，当着其他老师的面还敢这样说话。

也兴许是觉得难堪，她略有些不耐地将我的试卷扔到地上："是对是错，难道是你一个学生说了算的吗？"

我俯身捡起试卷，并未打算停止发问。

"那作文为什么是零分？给我一个理由。"

她"腾"地站起来，怒视着我："就给你打零分怎么了？我实话告诉你，不要以为你会写点儿东西，就觉得自己特别了不起。你要是真有本事，就去出本书啊！"

我手里捏着试卷，在原地愣了一下，忽然就笑了起来。

笑她，身为老师却不具备应有的基本素养；也笑自己，笑自己竟然妄想她能站在我的角度思考问题，更甚至，还希望她能理解我为什么会有这些提问。

是我多此一举。

不再继续读书的念头，就是在这样的情境下萌生的。

有时候，人生里有些事、有些不解的问题，其实是永远没有答案的。每当遭遇此种事，只需要记住：不必问。

问了，不过是亲手往人生里添上一笔伤心。

004

有很多年，人生遭遇不顺，伤心难过时，又或人生得意，站在更高处时，我都难免会想起此事。

而每一次，我都会忍不住去想，如果当时自己不去追问原因，而是懂得顺从与接受，认了零分的作文、接受了被判定为错误的答案，人生会不会有所不同？

可人生从来没有如果。

后来，又过了一些时间，再回想起来，心中想得更多的则是：当时年少，做事冲动欠考虑，只有求真的心尚算可取，但也让我付出了很大代价。

直到现在，我也没有完全改掉这种脾气。有人称我"少年气"十足，其实我心中明白，他们是觉得我处事不够圆滑，不懂变通。

我承认他们的评价，也承认年少的鲁莽，但岁月不可回头，我能做的就是承担责任，努力将以后的人生过好。

独自在外漂泊十几年，让我明白怪罪别人、推脱责任没有任何用处。人生路旅，所尝过的甜、所吃过的苦，都将被自己久记不忘。

而推脱，也不过是为自己那通往推卸责任的大路上，亲手铺上砖石。日后每多一次推脱，这条路上就多一块砖石。

有人"幸运"，从未被发现推脱了责任，沾沾自喜；但也有另外一部分人，恰恰相反，自己犯了错，就自己去担起相应的责任。

我就是另外那一部分人，只求活得坦荡、磊落。

学会顺从和接受，其实不难，无非是闭嘴不谈。

可关键在于自己面对的究竟是什么。在我看来，如何处理人生所遭遇的第一次不公平，决定了我们以后处理同类事件的态度。

再说，世间原本就有对错之分，为什么要亲自将其界限变模糊？

羡慕别人活得洒脱，渴求能和某某一样自在独行，但红尘俗世里，你真算得清，自己一路行至如今，都丢掉了些什么吗？

:

我要从这世间讨回点儿什么

:

有人住高楼，有人在深沟，有人光芒万丈，有人锈迹难藏。但所有的人，仰望的是同一片星空。

001

16 岁的时候，我在汕头澄海的一家玩具厂里面工作，是一名车间工人，制作儿童玩具，或是其他塑料制品，诸如牙刷或是水杯之类。

工作是两班倒制，上四个小时，休息四个小时。如此反复，每天最常待的地方就是车间与宿舍。因为睡眠不足，再加上玩具厂的塑料原料的影响，脸上一度冒出了不少痘痘。

每天醒来的第一件事，是去食堂打饭，用餐完毕之后，在狭窄的洗手间里冲凉。不曾吹过头，顶着一头湿漉漉的头发钻入车间，开始工作，是常有的状态。工作四小时后，会到厂房门口，买上一碗贵州花溪牛肉粉。

那时六月的澄海，闷热无比，但好在夏季总是大雨连绵，能让一颗略显烦躁的心得到片刻宁静。

澄海遍地工厂，但身为一个异乡人，归属感几乎是没有的。在工厂工作的时候，我宛如一台没有感情的机器，计算着每个班次能够赚取多少钱，计算着每个月能有多少收入。

偶尔会碰到机器出故障的时候。那时候，每个工人都具备基本的维修机器的能力，将机器退出料台，拧掉温度高达 250 摄氏度的料头，以一根铜条打出混在杂料里的石子，是常有的事。

因此，我多了一些放空与思考的时间。

在车间里，我算得上年少，未成年，托关系进入工厂，成为一名工人。身边围绕的，多是一些本靠务农维持生计，但碍于收入外出打工的中年人。那时候，我最常想到的一件事是：我的人生，似乎是能一眼看到头的。如果不出意外，我将会在工厂里度过我的青年、中年，甚至老年。兴许会有所不同，但总归好不到哪里去。

人生看似充满变数，但有些东西，若不做出改变，实则永不会变。那时候的我，还是个少年，与同龄人相比，总显得郁郁寡欢。

别人为如何提高成绩、志愿申报哪里而犯愁的时候，我却在想着一件事：如何从当下的生活中跳脱出来。

那时候，不甘心，是心中的一团微小的火苗，在风雨飘摇的岁月里明明灭灭。

002

2007 年年底的时候，我只身去了西安。

最凉西安二月天，那时候我在一家杂志社就职，薪水微薄，甚至远不如在工厂时赚得多。

住的，是位于玉祥门的城中村，月租不足 300。除了一张床之外，再无其他物件，洗头须得就着水龙头，毛巾一擦，锁上门，朝着公交站跑去。五站地，到了位于大差市的办公室。

说是办公室，实则是某小区里的一室一厅。我每日的工作是收作者投来的稿件，一一进行回复，抽空看市面上最新上市的杂志，以此学习，弥补自己的不足，缩小与其他同事间的差距。

得闲的时候，我会把自己关在洗手间里。洗手间的窗外有棵泡桐树，三月时，紫莹莹挂满一树，风一吹来，连带着一阵香气盈入鼻间。

那是离开工厂的第一年，住漏水的民建房，盖黑心棉被子，收入微薄，却心中有所希冀。

我一直认为，自己别无所长，最擅长的永远是搞砸自己的人生，让自己陷入近乎崩溃的局面。

但好的一点是，又能以自己的能力，扭转一切。那时候，我得出一个结论：眼下的人生或许不是我想要的，但总归，都是我自找的。

那是 2008 年的秋日，下班走在去搭乘公交车的路上时，我腰间的皮带忽然断了，慌忙间，只得尴尬地赶紧拿外套绑在腰间。橘色的天空，清朗的风，我当时心中只一个想法：有人住高楼，有人在深沟，有人光芒万丈，有人锈迹难藏。但所有的人，仰望的是同一片星空。

只此一生，谁都不想碌碌而为，不过是看谁走到了最后而已。

003

我从前看过这样一句话：从来没有命定的不幸，只有死不放手的执着。

爱一个人也好，做一件事也罢，但凡碰到"不甘心"三个字，好像都一定会吃尽苦头。别人说，当你放弃不甘心了，就是所谓"放下"，生活会有另外一番境地。

2011 年，我辞去了杂志社主编的职位，回到故里。虽说工作几年，出版了一部长篇小说，但身上并无积蓄，生活与从前相比，并没有太大变化。

信用卡上的欠款、迫切想要逃离原生家庭的想法、不愿张口请求朋友的帮助……种种因素促使我去了深圳的一间电子厂，再次成了一名流水线工人。

五年过去了，即便我自身已变化诸多，但工厂生活似乎从未改变。天南海北的年轻人聚在一起，每日重复机械劳作，一个月辛苦换来的钱，要么拿着去买彩票，要么寄回家中。

那时候，我买了车票去工厂之后，身上几乎没有什么闲钱。偶尔会奢侈一把，在工厂门外的快餐店里，点上一份快餐来吃。

从前遇到餐食不干净总要求对方退款的人，那会儿在鸡肉上发现鸡毛，首先想到的竟是拔掉鸡毛照样吃；遇到青菜上趴着虫子，把虫子挑出去，一样果腹。还会因为朋友从深圳跑来带我去吃了一顿猪肚鸡，痛哭流涕。

生活太难了，但是猪肚鸡是真好吃。偶尔，我会花钱买上一两罐啤酒，在八人宿舍的小阳台上独自一饮而尽。看着宿舍后山上郁郁葱葱的树木，也会失神很久。

后来，我想，我还有双手，尚可争取自己的人生，为何要选择如此拮据地为一锅之物而痛哭流涕？

十几岁时的那股火苗，似乎又重燃了，甚至有势头更猛的意味。

不能再如此麻木下去，生命若没有给我一根救命稻草，那我就以自身为舟，划向我想去的地方。

004

事实证明，人生里的很多艰难决定，都是在至暗时刻做出的。

2011 年年底，我穿着一件薄外套，里面只套了件短袖 T 恤就来了北京。我曾讨厌北京，因为我觉得它太大，大到没有我的容身之地。而那时，我怀揣着所有的不甘心，立誓要在这个城市里站住脚跟。

但想要站住脚跟，并非一件容易的事。

刚来北京时，除开车票花费，我身上仅剩几百元，借住在朋友三儿家里。她把床垫挪到地上，自己睡在地上，而我睡在硬床板上。

面试我的人，是此前我所就职的杂志社的前主编，很照顾我。而我，当然不能辜负这份好意，唯有以努力工作回报。

那时候，我在三儿家里住，距离上班的地方较远，早上五点就得起床，洗漱，准备出门，乘公交，转地铁，再转公交，还得穿过一个过街天桥。常常会担心迟到，每天都是一路小跑到公司，不甘心因为迟到而被扣工资。

很多年后的今日，我仍旧会怀念那些担心迟到的日子。北京的冬日，寒风刺骨，而那个心里有光的少年，却从未觉得寒冷。只想着，不要低头，要向上看、向前看，往更高处去。

005

2012 年，许多杂志社都倒闭了，而我所就职的杂志社，也宣布停刊。

公司当时给了两个选择：第一，去公司的出版业务区就职；第二，接受赔偿，自行离职。

我选择了后者，10 月份时，我正式入职了一家图书出版公司，完成了从杂志人到出版人的身份转变。

虽说都是与出版相关，但到底有所不同。

刚入出版这一行的时候，我对于出版的流程，以及出版的专业术语都不懂。那会儿的领导，也未曾教我如何才能成为一个合格的编辑。我每日坐在工位上，整个人都提心吊胆的，尤其是当我看着旁边跟我差不多同时期入职的同事一个接一个离开时。

我不是个善于竞争的人，在人群中，懒于争当第一。但我擅长与自己做竞争，必须让今日的自己优秀于昨日，若未能进步，就算保持着成绩，也是一种退步。

因此，我付出的努力要比别人多得多。那会儿，别人下班都离开公司后，我会加班四个小时，一来是为了赶手中一部书稿的进度，二来是想以此证明自己的工作能力。

遇到不懂的问题，我往往会去问身边的同事，而经验丰富的美编，也传授了我不少工作经验。但我最怕的永远是她那句："这本书马上要出片了，你确定没有任何问题了吗？"

事实也证明了：你所有的付出，都会得到回报。

在同时入职公司的所有人里面，我是晋升得最迅速的。仅用了半年的时间，我已经成了部门主管。

人生的一切走向，都看似更好了。但，只有我知道，不能松懈下来，否则我所拥有的一切，可能都会因为那一点儿怠慢，而顷刻全无。

006

我看过不少人对"不甘心"这三个字的解读。

没有一个人说，不甘心是件好事。

有不少人往往把不甘心解读为：死不放手的执着，是压力的来源，是焦虑的根源。但反观自己一路走来，我自觉，不甘心实则是好事。

因为不甘心，而付出比别人更多的努力，渴望去改变现状。

因为不甘心，而制订了一系列计划，即便最终结果并不尽如人意。

但成年人，理应如此。因为那份不甘心，你制订、你执行、你成功。

我仍旧记得 2008 年的那个秋日傍晚。郁郁少年行走在路旅上，心中有恐惧，担心自己会死于一事无成。

时至今日，我依然会害怕，但更多的仍旧是不甘心，心中还徒生了许多跟这个世界讨回点儿什么的决心。

你只需要走下去，命运会还你公道。

没有回头的道理

　　我总说自己是个缺少运气的
人。但，命运待我有多好，我从
来不知道。而人生里我所经历的
那些动荡，都是在帮助我成长啊。

001

2011 年，我从长沙辞去了杂志社的工作。

基本上，每个人可能都经历过这样的一种状态：因为工作上一些不顺心的事情，而不断产生离职的想法，等到真正鼓足勇气，不计一切代价辞职后，却清醒地意识到一件事——你根本无处可去。

我们势必要为自己的不理智行为埋单，并且为接下来的日子吃尽苦头。当然，对人生有规划并且完美执行，每一步都走在计划之中的人，此项除外。

那时候我在长沙，靠着自身的努力，已经担任了主编一职。与当下的薪水比起来，那时赚得算不上多，但也足以糊口了。当时年轻，未曾有过任何理财意识，甚至还欠着信用卡，每个月即便没有任何消费，都有账单等着去还。

我年少离家，在外多年，能够仰仗与依靠的，从来都是自己。也因此，遇到任何事情，我几乎从来都不习惯与任何人讨论，天大的事儿，能做主的，都是自己。遇到好的结果，我接受；遇到坏的，我接着。

如此说来，我的人生并没有差任何运气，因为凡是遭遇上的，多半都是自找的。

○○２

我对回归到家庭的渴望远超于任何人。

辍学之后，一纸车票承载了我青春的去路；漂泊多年之后，当然也渴望回到家里，寻求那么一丁点儿温暖。但是，现实是残酷的。

你在外多年，你一无所有，你一事无成。这一切，即便你的家人不做任何评价，但周遭的各类评论，也足以让你招架不住。

我是个脸皮儿薄的人。没在家里待多久，因为这些言论，再加上信用卡还等着要还的根本问题，我再次选择了出发。

当时面临的选择有二：第一，用自己仅剩的金额、有限的信用卡，去北京找份工作，租个房子，度过这段艰难时期；第二，去深圳的某个小镇，找一份工厂的工作，包吃包住可以让自己不必去求助旁人。

我选择了去深圳，再次回到工厂。

我们来了解一下我当时的情况：在各类期刊上发表了数十万字；出版了图书作品一部；有在杂志社工作的经验，离职前，任主编一职。

这个选择让我身边的所有人，瞠目结舌。没有任何一个人能够理解我那时所做出的这一决定。

的确。自从辍学之后，我辗转在电子厂、玩具厂、马达厂，做过保安，摆过地摊……如此种种，凭借自身努力，花费数年，好不容易将一手烂牌打得稍微好看一些，扭转了不少局面，而一个决定，又让我一步回到了原点。任谁，都不能理解。人生没有往回走的道理。

　　起初，我也的确是这样想的，甚至一度责怪自己。然而，多年之后，再回望这段人生，我要补充我的答案。

　　我并不后悔当时所做出的选择，更甚至，万分感激这一段经历。

0 0 3

　　多年后，再次回到工厂，我已经不是当年那个看到一切都觉得新奇的少年了，心中徒生出的，是一种无力感。我的确凭借自己的努力，改变了自己的人生轨迹，但是也凭借着自己的"作"，让一切回到了原点。

　　我所住的宿舍是十二人间，上下铺。往外走，有一个小小的露台，是工人晾晒衣服的地方，也是我时常独自一人自处的空间。

　　那段时间，我常常一个人坐在凳子上，看着宿舍后的山，看着天色渐渐变暗。一切井然有序，偶尔有雨，一如这人生，偶然给了我一点儿甜，但其余的仍是漫长的苦楚。我一肚子的痛苦，无人可说，也没有谁，有义务来分担我的痛苦。

　　有闲钱的时候，我会去买上一听啤酒。晚风徐徐，却吹不走心中的忧愁，树叶簌簌，应和着脑中的思绪。

　　我最常做的事，便是盯着屋顶上上一任住宿于此的人贴的报纸，看着密密麻麻的小字，自我排列成行，似乎就组成了自己一生的故事。

和宿舍的人是无法交流的，他们似乎对自己的人生未曾有任何不满，发了薪水，就去买彩票，或是聚在一起打扑克，对加班不满，对薪水不满，但从不为改变自己的人生下一点儿功夫。

怎么讲呢？长久地待在此处，有一种被淹没的感觉，无形中，似乎有那么一双手，在紧拽着你的双腿。

004

第二次工厂生活，对我的改变重大。

从前，在外面吃饭的时候，如果发现饭菜不干净，我可能会放下筷子结账走人。但在工厂待了一阵儿之后，我变了。

贫穷是根本理由。我身上仅有的钱，需得精打细算过日子，能在工厂门口的餐厅里吃上一顿快餐，已经是最奢侈的事了。在工厂里吃不饱，是常有的事。而能吃上肉，等同于过年。

当时，我在网上跟自己的一位挚友说："我太想吃肉了。"

她在深圳的另外一个区，得知这一消息之后，二话不说，就过来找我了，做的第一件事，就是带我去吃了一顿猪肚鸡。白胡椒辛香，猪肚与鸡块混杂在一起，滚起浓浓白汤，坐在摊位前，毫不夸张地说，我的泪水潸然而下。

我突然想起少年时喜欢的一个作者，她在很多年后被自己曾喜欢过的人诋毁。她在书中写过这样一段话："她捧着那块提拉米苏蛋糕，泪如雨下。"

在冒着热气的猪肚鸡锅前，我忽然意识到，自己的许多决定，自己的一些坚持，未必全是对的，甚至诸多都是荒唐的。而唯一能改变这个决定的，只能是下一个决定。

○○5

2011 年，11 月份。

我做出了决定，去北京。

从前我是个凡事都会害怕的人。坦白讲，打骨子里，我是个极度缺少自信的人。怕自己没有能力，不能极好地立足于一家不错的公司，以至于虽然拿到了 offer（录用通知），但还是会找借口推掉，生怕自己在大城市里因为没有学历，而站不住脚。

但回过头再看，那个在车间里凭借自己能力拿到最高薪水的少年，的确凭借自己的努力，去写作，去出书，去争取工作，将自己的人生轨迹改变了。在一切看似好转的时候，他完全不应该害怕，而应该怀揣着那一腔孤勇，走到更高处。哪怕会摔得很惨，但最起码，他，尝试过了。

我来北京时，身上仅 1000 元整，还是从挚友那里借来的，购买了一张车票后，身上仅剩下几百块钱；脚上踩着的，是朋友给我买的一双雪地靴；身上穿着的，是一件白色 T 恤，外面加了一个薄外套。

火车晃荡中，伴着我一路抵达北京的，是少年时常做的梦。梦里的我，总是无所畏惧，翻山越岭，只想去到我想去的任何地方。

我至今仍记得当时面试我的主编。

她在大风里接到我，带我去喝了一壶热茶。面试极为简单，她跟我说："你早些回去休息，等我通知。"

一周之后，在忐忑不安中，我接到了入职通知，成功拿下了那份杂志社的工作，正式开始了我的北漂生活。

后来，很偶然的一天，是个夏天。部门聚餐回去的路上，我们不知怎么聊起此事，她在树荫之下，看了我一眼："当时北京那么冷，我看你穿得那么单薄，一张脸被冻得发白，我就跟自己说，我一定要把你安置好。"

我大概太过感性，所以总是会被别人感动到鼻酸。也是在那个时刻，我忽然明白了一件事——从前，我总说自己是个缺少运气的人。但，命运待我有多好，我从来不知道。而人生里我所经历的那些动荡，都是在帮助我成长啊。

07

人生的货架就那么长

只有懂得舍我所能舍弃的，才能如愿得到自己最想要的。我什么都想要，但也清楚，我更想要什么。

001

有很长一段时间，我整个人都处于一种深度疲惫的状态。

每天下班回到家里，连饭都顾不上吃一口，整个人栽到沙发上，直接昏睡过去。等到人醒来的时候，通常已经是凌晨了。楼下还隐隐传来嘈杂声，那是烧烤摊上有人喝多了酒。

喝杯水，洗漱完毕，人终于躺回到床上，稍稍觉得舒服了一些，可大脑却十分清醒，于是又难以入眠起来。

这种情况持续了大概有半年之久，整个人的体重直往下掉，等站到体重秤上时，才发现自己连九十斤都不足。

有次公司拍摄一个短片，同事让我试录一段，拍摄结束后，同事在电脑上看效果，头也不抬就说："你怎么瘦了这么多，整个人看着特别寡，脸上都挂不住肉了。"

于是，在朋友的建议下，我开始尝试服用褪黑素，一粒下肚，换来的是噩梦一晚。人是处于睡眠状态，可醒来后，远比睡前更疲惫。数次之后，决定还是放弃，干脆接受自己的这一状态，与它和平共处算了。

后来，就变成了每晚回到家，还是和从前一样，直接栽到沙发上睡。醒来了，就去洗手间洗把脸清醒一下，然后坐在电脑前，开始处理各类事情。

那年，除了本职工作之外，有位朋友找到我，希望我能在她负责的影视项目里担任编剧。除了这些，此前经常合作的一家公司，三不五时就有话剧本子需要完成。

工作到七点，关了电脑，去洗手间洗漱，换上一套干净衣服，出发去公司。

疲惫是真的，但不觉得辛苦，毕竟所有付出，都得到了回报。世间事从来如此公平，我也没有资格去抱怨什么。

002

有段时间，部门里有人离职，原因一致：原本满怀希望来到北京，最后发现生活如轮碾压而来，得到最多的，永远都是失望，然后便开始自我怀疑，最终，决定逃离北京。

于是，部门空缺出了两个职位，需要招新。那时，正是毕业季，招聘信息发出之后，有不少人前来面试。因为是给我负责的部门招人，每次有新人来面试，人事部的同事小白几乎都会叫上我。

有天面试结束，会议室就剩下我和小白了。房间内有些闷热，小白拿着便携式小风扇，放在脸前："这是第几个了？"

我不知所以然，问她："什么第几个了？"

小白撇撇嘴："如果我没记错，这是第五个来面试的应届生，没有工作经验，还不知道有没有能力做好工作，张口就要实习工资5000块，转正最好能拿10000。"

　　我这才知道，她刚才的提问是什么意思。我一样是北漂，工资也是由低渐渐转高，生活艰辛不必多说，于是也只能回她一句："没有社会经验，也算正常吧。估计，多面试几家后，大概就心里有数了。"

　　小白看我一眼，异常笃定地说："不是，你说的可能确实是一种现象，但是我最近面试了这么多人，总结出一条结论，现在的年轻人，什么都想要。"

　　什么都想要，有错吗？

　　我没理会小白，十分钟之后，还有一个营销会等着我去开。我起身回到座位上，拿了笔记本，跟同事去了另一个会议室。

003

　　那晚，我从沙发上醒来时，除了觉得胃有些难受之外，脑子里反复想着白天在会议室里，小白说的那句"现在的年轻人，什么都想要"。

　　与那些刚毕业的学生相比，我要长他们几岁，27 岁的年纪，也算不得什么年轻人，但我身上却有着和他们一样的特性——什么都想要。

　　于是，那个晚上，我就坐在沙发上，反复在想，自己到底是怎么一步步变成了一个什么都想要的人。

　　想要得到答案并不难，只需钻到回忆里，重放一遍过往的经历，就可得出结论。

刚到北京那年，我每一天都处于睡眠不足的状态，住的地方离单位较远，通勤时间超过两小时，常常带着困意挤在人满为患的地铁车厢里。

那一年，切水果的游戏特别流行，每天早上人站在晃荡的车厢里，抬眼一看，有不少人都拿着一台 iPad 在玩这一游戏，水果飞出，手指划过。

当时我就想，为什么我就没有一台 iPad，以至于每天都盯着看别人玩。什么都想要的开关，就是从那一刻，被我亲自启动了。

尤其是回忆起早前的人生，与很多人相比，我总觉得自己缺失的，实在太多。无论是物质，还是精神层面，都万分贫瘠，而想要扭转这一局面，唯独能依靠的，就是自己。

什么都想要，什么都不愿意舍弃，所有的努力，都只为一个目的，人生货架上空空如也，必须亲手填满，以保证自己富足。

004

有次，一位久未联系的朋友和我聊天，他突然问我："有时间没有，接了一个不小的 case（项目），但是活儿多，想找个靠谱的人来帮忙。"

他在广告公司就职，其中最常做的一项业务，是受甲方公司委托，为甲方公司推广的产品撰写、发布各类软文。

我半开玩笑半认真地回他："找我呀。"

　　他不确信一样，缓缓打来一句："你不是向来看不上这些？怎么突然想通了？"

　　的确，说来可能有些夸张，但是是事实。从前我总觉得，老天赠我天赋，原本是让我用来讲故事的。所得智慧糅杂其中，有缘看到的人，各自领悟。所以，除此之外，我不会，也不愿意逼迫自己去尝试太具目的性的写作。

　　但，为满足物质层面的需要，我开始学着妥协了。

　　朋友知道后，就委托我来为他完成大部分工作，软文数量较多，每当完成之后，隔日又有新的工作安排过来。

　　甲方诉求也总会不断改变，一个千字软文，改来改去，有时甚至会为了一个词语，而"上纲上线"。钱虽赚得不多，但胜在积少成多。每月报酬入账那日，我就觉得此前的不快，也实在算不上什么委屈。

　　在这个过程中，除开收入，我最大的收获就是，性子变得不再像从前那么直，与人交流起来，也很少再有冲突，因为懂得了让步。

005

　　那几年，因为什么都想要，自身发生了不少的变化。这其中有好，自然也有坏。

　　好的一面是，与从前相比，圈子有所改变。我不断认识新的人，接触了很多从前没有接触的行业，知识面也在不断地提升。

　　最关键的是，有时候所接的项目，需得不断与对方开会。从前我不喜欢社交，更讨厌开会，但那时不得不接受。数次下来之后，便会觉得自己的性格开朗了一些，表达也更简洁有力，一击即中。

坏的一面是，有时一项工作还未完成，另一项新的又要启动，而自己的精力实在有限。每一个项目我都不愿舍弃。舍弃说起来简单，可我不愿因此而有所损失。

那几年对我来说，人生不存在"不需要、不适合、不舒服"的东西，生活抛来什么，我都要亲手接住。

但时间有限，工作无穷多，于是人难免就跟着变得焦虑起来了，压力也如雪球越滚越大，我甚至为此崩溃过几次。

人生原本就是负重前行，不自觉间，又新添了不少"重"。但我没资格喊累，因为我是自找的。

006

有次朋友聚会，三五杯酒下了肚，又是在深夜，难免聊起了人生。

宽姐举杯，自己饮下，特别高兴，说："我在三年前的这个月，写下了几条规划，前段时间翻了出来，发现自己竟然都做到了。"

换了新车、读完了研究生、每年出国旅行两次、为提前退休存下一笔备用金。这是宽姐过往三年的努力，在座的各位好友，都是见证人。

有人带头鼓掌祝贺，大家纷纷鼓起掌来，都为宽姐感到高兴。隔壁几桌不知所以然，纷纷侧身看过来，有人还吹起了口哨。

　　宽姐拿起一根筷子，敲敲玻璃杯，说："我又定了新计划，但暂时不告诉大家！"

　　朱闪闪喝了酒，一脸通红："我最近在望京刚租了商铺，正在装修，估计下个月咖啡馆就要开张了，到时候大家一定得去捧场！"

　　开咖啡馆，是朱闪闪一直以来的梦想，如今，也如愿实现了。

　　原本只是寻常聚会，宽姐起了个头儿，就变成了人生报告大会，基本上每个人都往前又迈了一步，人生目标也都格外清晰。

　　他们脸上带笑，他们容光焕发，他们都有所成就……这么想着，我更加觉得自己格格不入。

　　跟他们相比，我状态不好，虽仍有斗志在心头，但开诚布公来讲，这些时间，有些迷失了自己，离自己从前定下的目标也越来越远，心里更多的，是挫败感和焦虑感。

　　因为什么都想要，不得不把自己的精力分成多份。每一项工作看似都顺利完成了，可实际上我并不满意。

　　最关键的是，有好几次，我都清晰地感知到，自己变得不再专注了，三心二意的。

　　人生中最想要的东西，早就蒙上了一层灰，真想要全都擦去，不知要耗费多少精力和时间。

　　我什么都想要，也什么都没有得到。

007

那晚回到家里，已经很晚了，喝了些酒的缘故，整个人有些昏昏沉沉。我洗了澡，倒在床上，沉沉睡去，一夜好眠。

依然做梦，梦里回到了小时候，那会儿应是在课堂上，老师站在讲台上板书。有人写了纸条，拍拍前桌同学，前桌同学回头接过，将纸条再往前递去。

我呢，将课本立起，一个笔记本摊开在桌上，一字一句写下故事。那会儿人生轻松，目标简单但清晰无比，只想将来自己写的故事，能被更多人看到。

醒来时，人躺在床上，额头微微冒了一层细汗，拿纸擦去，我喝了一口水。

想起昨晚那个梦来，从某种意义来说，那不算是一场梦，而是我早前人生的投影。的确，梦中的场景在我的少年时代发生过。那时候，因为喜欢写作，我可以不看电视、不吃零食，省下的钱多存几次，去换来一本新的课外书。

于是，我忽然心生感慨，还在少年时，就已经懂得了取舍，真成了成年人，反倒不懂这些，只知道什么都想要了？

床头柜上的电话震动起来，是某个甲方，接通之后，对方问我："最近有时间吗？有活儿找你。"

我想了想，回他："最近不行。找找别人吧。"

　　"不急，可以等你几天，知道你忙。"合作多次，他倒是对我极为信任。

　　我轻笑一下，回他："估计以后也都没有时间了，我最近忙着一件大事儿。"

　　于是，对方也就没再多问，寒暄了几句，最后挂断电话时，说："行，咱们有机会一起吃饭。"

　　我是在那个时间，才清楚地明白了一个道理。

　　人生原本如海，世上万千人各自乘舟泛于其上，终点各不相同。一路上，难免会遭遇狂风，也会迎来暴雨。为了让自己稳妥地抵达彼岸，每当遭遇这些时，总得懂得舍弃一些无用之物，以保证自己的船足够安全。

　　只有懂得舍我所能舍弃的，才能如愿得到自己最想要的。

　　我什么都想要，但也清楚，我更想要什么。

08

偶尔身上落了灰

一味躲避，假装遗忘，倒不
如学会拥抱低潮。更何况，我们
本应该允许自己的人生里，有那
么一些时候，可以拥有不为自己
加油的勇气。

００１

一转眼，马上要进入北漂的第十个年头。

有时难免抽出一小段时间来为人生倒带，以此回顾、怀念一下从前。怀念之余，才意识到一个问题，那就是，在北京的这十年里，我的人生俨如拧紧了的发条一样，从未有过半点松懈的时间。

细算一下，这十年里，我曾先后在三家公司就职，最后一次离职，又直接选择了成为创业大军的一员。

十年，三份工作，出奇一致的是：每一次离职之后，我都未曾有过一天休息的时间，真正做到了无缝连接。常常是一个才结束，一步迈出去，另一个就自动续了上去，仿佛我只是换了个地方办公而已。

身边有朋友好奇，曾问过我这一问题，对此，我如实回答道："为什么每次都这么快就投入到下一份工作当中，是因为我太了解自己是个什么人了。"

原因有二。

第一得从外在因素来讲。我这个人，向来都不懂得理财规划，从来都是多赚多花，少赚少花，但无论多少，基本上结局一致，我是标准的"月光玩家"，于是，缺钱是常有的事。

这直接导致了一个问题，那就是，我身上的现金流并不足以让我在离职后有能够休息的资金与机会。

第二就得聊到内在因素了。因为常年独处，我太明白一件事，我不是个具备过人自制力的人。这也是我手机里从不安装任何游戏软件的根本原因，担心入坑太深，从而失去自控能力。

并且，我始终会暗示自己给自己放假。在休息的这段时间里，我并不能保证自己会跟上班时的状态一样，那么我的业务能力就势必会有所下降，对新工作开局不利。

以上这些原因，导致我十年里，除了正常的节假日，基本上全年无休，更甚至，有时候因为工作需要，连年假都用来加班了。

002

十年如一日，像个人形陀螺一样永不停歇地工作，说不疲惫是假的。一样是肉身凡胎，我并未具有钢筋铁骨，身体吃不消也是常有的事。

但再往前追溯，又会发现，这十年里我之所以如此劳碌不堪，不敢停下向前的脚步，最根本的原因还是在于，这十年里的一切付出，好像是在为从前的自己埋单。

从前我是个无为的人，甘于平凡，不屑竞争。对于工作这件事，有很长一段时间都是抱着随心的态度，完成分内之事就好，更无意去争第一。

在工厂的那段时光，对我产生的最大影响就是，那几年的自己太累了，原本应该被妥帖照顾，却早早吃了太多苦头。

　　而对于那些吃过的苦，我总是记得太清楚，以至于后来会时时刻刻提醒自己，不可遗忘前车之鉴。

　　曾经为了想要在计件算钱的玩具厂里拿高薪水，我不得不逼迫自己疯狂工作，疲累到什么地步呢？有次加班，连饭都顾不上吃，最后导致低血糖晕倒在车间里，整个人砸在机器上，幸运的是，机器的安全门处于关闭状态，并未酿成灾难。

　　在马达厂里，为了能多休息一天，我连续加班两个通宵，最后手里握着的通红烙铁，直接扎在了自己的手心里，温度极高的灰色锡汁，将手烫得通红，撕掉凝固的锡汁时，跟着被撕扯下来的，还有一层皮肉。

　　所以，当真正凭借自身努力从工厂走出，成为办公室的一员后，有那么一段时间，我不停地告诉自己：你已经改变了自己的人生轨迹，不必像从前一样，如同小喷菇永远冲锋陷阵。

003

　　只是我那时还年轻，尚未领会茨威格在《断头王后》中的那句经典名言，也因此，一样并不知晓，命运所有的馈赠，都早已在暗中标好了价格。

　　允许自己慢下来，的确是好事一件，不再像连轴转的永动机一样不停歇，我多出了诸多时间用来关注自身。人生确需步履不停，但若碰到美景，亦可停下驻足一赏。

可有时候，太关注自身，反而不是件好事情。

有那么一段时间，我总是想起早些年在工作中受过的委屈，更加觉得需要对自己好一点儿，要硬气一点儿。有这些想法不可怕，可怕的是真的去做了，还没把握好度。

年少时，自我理解的对自己好，就是任由自己胡闹，甚至从不会去计较任性之后，将要面临的后果是什么。

比如说辞职这件事，因为在工作中被领导误解，受了丁点儿委屈，就觉得这是天大的事儿。而我的反应呢？二话不说，直接提辞职，删除文件，做完交接后，立刻起身就走，连一秒都不愿多待。

辞职不可怕，可怕的是，你辞职回家的路上，突然想起来，下个月的房租还没着落，你一失业等于自绝后路。

诸多事情，堆叠一起，结果如何呢？

这一系列的操作，完全就是自己搬砖给自己砌坟，将自己封死在其中。等意识到的时候，整个人的心态已经崩了。

那时的我，事已至此，只能就势躺平，开始怨天尤人，抱怨遇人不淑，却不会找找自身的问题。

如此操作一通，低潮的大门对我打开，不需要它对我招手，我便自己小跑着钻了进去，将门锁死。

004

人身处低潮的时候，想法往往较为极端，与"好"字从不沾边儿，自觉属于丧气一派。

也因此，有那么几年，我又毫不吝啬，大大方方让自己吃了不少苦。人生如此，有些东西可能不见得是你想要的，但你所有的，多半都是自找的。

等我开始真正意识到这些之后，才明白，不是生活对我不公，是我自己亲手将一副好牌打了个稀烂。能打王炸的牌，非要四个带一对儿，怪不了别人。

亡羊补牢，知错能改，这些字词，是有道理的。自己将人生一袭袍子戳了天大的窟窿，不能倚仗任何人，只能亲手穿针引线，将其缝补起来。兴许不如旁人的华美，但好歹一眼望去，也不失为一种圆满。

这十年，不能说过得容易，我也抱怨过，但更多的时候，是怪自己亲自跑到了低潮的坑里，还自以为躺平就是享受，实则身上落满了灰，而再次掸去身上全部的灰，我竟用了好几年。

最终，才有了现在所拥有的一切。

但真细算算，说这十年里没有陷入过低潮，确实是谎话。而这些年，我最擅长的一件事，就是给自己洗脑，让自己不去多想对自身不利的事情，呈现给别人的，永远是打了鸡血一样，为自己想要的人生往前冲的模样。

事实真如自身表现的那样吗？并不尽是如此。

005

因为不懂理财，生活有时难免捉襟见肘，我最怕身处无钱的恐慌之中。为此我会自责，无力感也会不请自来，它还会以极快速度占据上风，将我压得喘不过气来。

有一段时间，无法走出一段逝去的恋情。自己亲手为日子镀上一层灰色，多虑到以为是自己性格本身有问题，然后责怪自己无用，连所爱之人都不能留住。

如此种种，生活里的桩桩件件不顺遂的事，都让我厌恶低潮本身。而唯一能抵御低潮的，就是把自己丢进无限的工作当中，只有当自己真正忙起来，才没有时间去想那些事儿。

但归根结底，不肯让自己休息，最大的问题还是在于：与我身边的人相比，我从来都是没有资格休息的那一个。

我身边的一众好友，个顶个是人群里出类拔萃的那种。无论是所受的教育、在行业内的业务能力、对自己的人生规划，任何一人都比我优秀，他们一步一步地前进，一步一步地得到自己想要的人生。

唯独我，拼命挣扎，尚离理想生活十万八千里远。

为了让自己能越来越好，也为了与身边的好友齐头并进，我没法停下来，停下来，就是亲手将自己的人生按下了暂停键，休息之后，任凭自己如何加速，也赶不上别人。

想要顶峰相见，还要好几年。

因为如此，这几年我最擅长做的一件事，就是为自己喊加油。

加油啊，为将迎来且将长久拥抱的一切，你必须付出全部努力。

006

好的一点是，在人生不断向前的这段时间里，我逐渐学会了一件事，明白了一个道理。

从前洗脑也好，刻意营造自身乐观的心态也罢，并不意味着，如此操作，低潮就当真消失永不存在了。它仍旧是我人生中的一部分，我与它仍有照面的机会，并且它在往后出现的次数一定不少。

一味躲避，假装遗忘，倒不如学会拥抱低潮。更何况，我们本应该允许自己的人生里，有那么一些时候，可以拥有不为自己加油的勇气。

要懂得，可身处低潮，但永不过分自我沉溺；于自身休整时期，给自己时间，重新审视自己；思考所有一切，对既已发生的总结经验，尚未到来的满怀信心；将直面的那些未知，心里或许会犯难，但不必愁大难将至。

因为你总会明白，有些想法一旦于内心深处萌生，我们势必都将学会如何去执行。

09

．
．
．

相视一笑，岁月刚好

．
．
．

我开始渐渐明白，人多交友，即便不算挚友，只是泛泛之交，也胜过主动树敌。

001

有那么几年，我特别喜欢买鞋子。不同牌子的白色板鞋、运动鞋，只要去商场，总会买上一双回家。

有次搬家收拾东西的时候，看着面前成堆的鞋盒，才忽然意识到，自己竟然买了那么多鞋子。只需睹物一眼，有些回忆，就不请自来。

读初中二年级时，学校举办运动会。班主任提前一周在开班会的时候就跟全班同学交代，需要统一着装，白色短袖、黑色长裤，最紧要的是都要配上一双白色运动鞋。

放学之后，回到家里，我跟爸说了这件事，他点点头表示知道了。那会儿他正端着晚饭送到奶奶的房间，奶奶半身不遂之后，一直是他照顾在侧。奶奶用餐完毕，他将锅碗洗涮干净后，出门去了。

临睡前，他拎着一个塑料袋回到家中。将手中的塑料袋放在我床前，说："这是你表哥以前的鞋，他穿不上了，你穿着参加运动会吧。"

父母离婚后，爸常年在外工作，我未曾见其带钱回来。偶尔爸匆匆回来一下，要么是给我过生日，要么是给奶奶祝寿，除此之外，我与他见面的时间少之又少。而他不在的那些年，我所穿的衣服，基本上都是表哥、表弟穿小的、不要的衣服，所以当时的我也不觉得那双鞋子有任何不妥。

将塑料袋打开后，里面确实是一双白色运动鞋，只是其中一只鞋子的鞋舌不见了。我拎起那只鞋子，给爸看："少了鞋舌，你能给我买双新的吗？"

爸看了一眼，接过鞋子，摆弄着鞋带，头也不抬地跟我说："你裤子长，穿上就盖住了，别人也看不见。"

对于爸的这个提议，我是不满的。虽说当时我也就十几岁，可说不要面子是假的。于是语气就强硬了一些："我不管，我就要一双新鞋，你明天带我去买。"

结果呢？

结果我当然没有因为态度强硬就换来一双新的白色运动鞋，而是被爸打了一顿，在运动会那天，老老实实穿着少了鞋舌的鞋子。在做操的时候，整个人都缩手缩脚，生怕自己动作幅度太大，垂下的裤腿盖不住那只少了鞋舌的鞋子。

你有把至亲视为敌人的时刻吗？

我有。

自从穿上那双少了一只鞋舌的鞋子之后，我一度将爸视为敌人。

002

当然不止这一件事。

也有那么几年，我还在读书、未入社会的时候，整个人活得特别抑郁。究其原因，不过还是爸。

　　奶奶瘫痪后，爸就没有再外出工作了，全部精力都用来照顾奶奶和我。日常给奶奶洗漱的是他，洗菜做饭的也是他。正值青壮年，爸却如困兽在笼，于是，他只能借酒消愁。

　　爸喝完酒后的每个夜晚，最常做的一件事，就是把大门打开，把我往门外一推。永远是斩钉截铁的那几个字："你走吧。"

　　夜色寂寂，凉风习习，门外的两棵冬青树下有虫鸣，我抬头看着天上的半轮明月，不知自己该去何处。四季更迭，这一画面却从未变过，人心也就是这样凉下来的。

　　后来，如他所愿，我真的走了。

　　整整三年，我从一个工厂进入到另一个工厂，从一个城市到另一个城市，未曾给他打过一个电话。不愿联系，我甚至不愿听到他的声音，因为每次想起他，心中除了悲伤之外，更多的是恨意，觉得这个人明明是自己最为亲密的人，却也是自己的敌人。

　　他过得好与不好，与我无关；我置身何处，他也无须知晓。我们只需要自己过好自己的生活。在那三年，我都一直抱着这样的想法，每一次想起他，我都会告诉自己，不能活得像他那样。

　　孩子的世界，是不能与成年人相比的，他们的爱简单，恨也简单。爱时浓烈，恨时，就是想要去争一口气。

　　这也完美解释了为什么那几年，我一直喜欢买鞋子这件事。

　　即便成年已久，但我内心仍住着一个小孩儿，于是就通过不断购买衣服和鞋子这件事来安抚自己，好像只要如此做，就能治愈早些年的旧伤口一样。

0 0 3

有一年，趁着休假，我回了趟家。

爸承包了一片桃园，十多亩，需要打一口井，费用不多，两千多块钱。让我讶异的是，爸觉得两千多块钱太多，因为自己会泥瓦匠的手艺，于是决定自己打井。

爸自己一个人挖了十几米，挖到大概十五米深的时候，他抬头看了看天，害怕了。自己毕竟不是专业挖井师傅，如果一旦塌方，搞不好就要被活埋在井底。

爸跟我说这些的时候，我们正在吃饭。建房时，他特地留出一块地，用来种菜，绿的是青椒，红的是西红柿，挂黄花儿的是黄瓜，还有一排种上了生菜和白菜。知道我回来了，爸特地到市场去买了一只走地鸡，做了火锅。

吃饭期间，爸一直将觉得好的肉夹给我，他轻描淡写地说起此事，我却听得心惊肉跳。我埋头吃饭，又抬眼看他一眼。他老了一些，鬓角头发白了不少，他错过了我的青年，我也一样错过了他的。

晚上睡不着，我翻箱倒柜找出了从前的相册，细细翻看了一遍。那些年他在外的日子，不管多忙，只要逢上我生日，他总是会从外地赶回来，亲手给我做顿饭，再带我去照上一组照片。

我看着相片上我每一年生日的照片，几乎每一张照片，我的表情都如出一辙，俨然复制粘贴：苦大仇深的一张脸，嘴角下垂，连笑都未曾舍得露出一抹。倒是爸，每张照片上都搂着我的脖子，笑得分外开心。

我难免又想起那双鞋来。

那几年，爸是顶难过的吧。和妈离婚后，他过得艰难，奶奶又瘫痪，他只好选择回到家中照顾奶奶。再加上早年无过多的收入，再多的苦也都随着一杯杯酒水咽入腹中。他原本就不善表达，更不懂如何说出体己的话。

尤其是当我自己入社会讨生活之后，更加理解了赚钱的不易，再加上挖井事件，我心中横亘那么多年的恨意，竟也随之瓦解了。

这些年，他变了，我也变了。他用力生活的样子、艰难的样子，一幕幕呈在我的面前，真实地触动着我。而我，早已成长了不少，内心也开始学会宽容。

对他的恨随之而去了，更多的是，我能体谅到他的不容易了。

临走时，我取了 3000 块钱给了爸，让他去联系挖井工。他依旧不善言辞，只交代我："在外节约一点儿，花钱不要这么大手大脚。"

我只笑笑，没有为自己解释上半句。

004

有人说，职场无朋友，利益面前，个个儿都是敌人。

　　我一直不赞同这个观点，觉得太功利，况且，以自身为例，目前身边有不少朋友，都是职场中识得，并且相处超过十年。所以每每听到有人讨论这个问题时，我总会不屑。

　　但这也不代表我没有在职场遇到过敌人。

　　我曾经在某公司就职时，有这样一位同事：我与他隶属不同部门，我在策划部，他在市场部，工作上交集较多。随着日常接触，又加上有共同的兴趣爱好，一来二去，我也就将其视为朋友。

　　平日里一起吃午餐，下午茶时总会为对方点上一杯奶茶或一份点心，工作或生活中遇到自己无法解决的事情时，会跟他倾诉，也听取一下对方的意见。

　　成年人交朋友不是一件容易的事。多数人的交际圈早已成形，想要与一个新人建立一段关系，就要从旧圈子里腾出一部分地方。

　　但到底还是出了问题。

　　那年年底，老板找到我，聊起未来规划的事情，老板说："我打算明年让你学习做制片人。"我听后自然觉得好，能遇到这样为自己员工规划未来的老板，实属难得。

　　开年之后，公司开会，老板宣读了栽培制片人的名单，里面并没有我的名字，而我那位朋友却位列其中。我虽很失落，却也为朋友感到高兴。

　　会议结束之后，我做了两件事：第一，祝贺朋友即将成为制片人；第二，借此机会捋清自己心中真正想做的事后，选择了辞职。

老板虽然挽留，但我去意已决，于是老板也就尊重了我的意见。

就职于公司五年，青春付诸于此，虽不觉遗憾，但多少有些不甘心。我心中又明白，他人无法给的，只有靠自己去努力争取，更何况，人生原本就如此，谁也不亏欠谁什么。

005

离职之后，我很快入职了另外一家公司。

与从前的同事也都仍保持着联系，偶尔路过前公司时，仍会上去跟同事打个招呼，与那位朋友聊上一会儿。

不少前同事见我仍与他关系亲密，十分好奇。在我追问之下，才知道，他在公司说了我不少坏话。同事们怕我不信，甚至给我看了聊天记录。

说不寒心是假的。类似的事情又发生几次之后，我终于再不能忍，与他对峙，可他却不承认，于是我也就只能将其拉黑，并且一度对"职场无朋友"这个观念深信不疑。

我原以为与他将会老死不相往来了。

可数年后，因为工作，我们二人又有了交集。我记得仔细，当时我还跟别人开玩笑说，如果在现场遇到他，我肯定不会与他打招呼。

可事实呢？事实是：我与他确实碰面了，并且我主动与他打了招呼。

　　我仍记得他当时的反应，他很诧异，但很快就笑着回应了我，并且询问需要辅助我做什么工作，似乎两个人之间，从未有过隔阂一般。

　　从前我是个脾气古怪的人，恨就是恨，爱就是爱，从不隐藏自己的任何情绪。但现在不同了，我甚至产生了没有永远的敌人这样的想法。

　　我开始渐渐明白，人多交友，即便不算挚友，只是泛泛之交，也胜过主动树敌。

　　或许仍会有恨，仍会有敌人，但只需把这些当成人生交付给自己的功课即可。

　　而随着我们的不断成长，我们将会变得愈发成熟，也愈发能理解成年人的不易。

　　你在乎的事情，会跟从前不尽相同，眼界也有所转换。你终将更加懂得如何体谅他人，也终将懂得宽容。

　　宽容他人，即善待自身。

· · ·

10

如果生活给我颁奖

· · ·

"你能。"

这是一个肯定句。

这是对你从前工作的认可，也是对你未来的鼓励。

后来，我也信，我能。

００１

2019 年是我来北京的第八年。

八年，对任何一个人而言，说长不长，说短也不算短。眼看着年龄从二字头走到了三字头，说起来挺惭愧，至今一事无成。

这八年，我在三家公司就职，在第一家公司干得最长，待了四年多将近五年；在第二家公司干的时间最短，不足一年；在最后一家公司干了两年多。

这期间，我完成了自己人生的进阶，从一名小编辑成为一家图书出版公司的总策划，再到另外一家公司的总经理。说起来，title（职位级别）似乎都不错，但其实也就那么回事儿。唯一感激的是，这三家公司，都给足了我这个年轻人成长的空间，或允许我在成长中试错，或与我一同进步。我万分感谢它们给了我这样的机会，但很明显，就算我再不甘心，我也没做到最好。

如果一切都顺遂就好了。

但我们都知道，"天不遂人愿"这五个字是真的。

2019 年，身边的诸多公司都在裁员，公司业务体系也发生了改变。

眼看着身边的朋友换工作，要么被辞退，要么自己辞职，说不焦虑，那是假的。尤其是像我这么容易焦虑的人。

可当老板来通知我，我被解雇了的时候，我反而格外平静。图书出版业务并不如预想的那样理想，公司决定放弃这个板块也是理所当然，没有谁愿意一直投钱给一个不赚钱的部门。

于是，9月末的时候，所有人都在筹划着国庆节去哪里旅行时，我接到了停止工作的消息。

002

难免要回顾一下从前。

我曾是一个特别善于"逃跑"的人。或许，也不能这么说，我只是不愿意做人群中的 NO.1。在我从前的认知里，做第一太累了，我无力也无心去竞争。但后来，我愈发现实，觉得一定要冲到前面去，做一回第一，即使没有人跟自己争抢，也要对得起自己的努力，否则我似乎再也找不到半点其他的努力的意义。

这八年来，我要感谢我所欠下的、信用卡上的数额，它让我学会了四个字——"永不停歇"。八年，三份工作，我很少休息，未曾请假，甚至永远是公司里去得最早的那一个人。

说起来，不怕被人笑话，我不敢迟到的根本原因，是心疼自己赚到的每一分钱。我曾经甚至为了不迟到，奔跑在天桥上，摔一跤站起来的时候，边哭边跑——我心疼自己因迟到被扣掉的每一块钱。

那时候，同事对我的形容是："你跑起来的时候，就像是扎在竹签上的贡丸在弹跳。"

如果人生要给我颁一个奖的话，可能是"最敬业奖"——我几乎未曾迟到，并且因为怕扣钱，未曾请假。除却节假日，我甚至连年假都放弃，不休息。

但生活不看这些。

我依然没有逃掉失业的大潮。

003

辞职后去做什么，成了一个问题。

我权衡再三，最终选择了和两位从前的同事，也是朋友，一起创业。

我是个善于幻想的人。从前没创业的时候，我幻想得特别美好，觉得自己将来创业的话，会有一间特别大的、有落地窗的办公室，各种设施一应俱全，我甚至可以带着我的狗上下班。

但是，当我们仨在初秋的北京跑着看房子的时候，坦白说，我被房租吓到咋舌。一间不足50平方米的一居室，要价6600元靠上，这还不包括物业费、水电费、网络费，并且是空房间，没有任何办公设施。

当时我只有一个念头：抢钱啊！

我还记得当时乔先生开车载着我们满北京跑，一辆平常只能装下两人的mini塞了我们仨。我们从大望路跑到酒仙桥，再到慈云寺，又到惠新西街，从中午十二点，看到晚上七点。

看房的条件一压再压，看房的中介小哥换了又换，我们最终决定在惠新西街的一个共享办公场地租一间只容得下六个人的办公室。

这个办公室，在地下一层。

真是完美验证了一句话：理想丰满，现实骨感。讲真的，我有点儿脸疼。

所幸的是，空间没有那么逼仄，不会让人感觉喘不上气来。缺点嘛，因为是地下一层，挑高极高，房间没有封顶，所以隔音效果奇差。其余的都挑不出毛病来，若真要挑剔，那就是有人上厕所大号的时候会踩在马桶上。每一次我都恨不得抓着这个人，让他给我蹲上一下午。

004

我的朋友苏河听说我决定创业之后，二话不说，订了两盆发财树给我。

我向来不喜欢收人礼物，因为囊中羞涩，实在无以为报。你肯定很好奇，那你还收？收是有原因的，说出来不怕你笑，苏河说："我送发财树的朋友，他们都发财了。"

前面说了，我越来越现实了，不瞒所有人，成为有钱人，是我一直以来的梦想。

不为别的，只为不想欠信用卡，为不想因为嫌贵放弃自己看上的一条裤子、一个包。明明很喜欢、很想要，却只能在心里说：等我今年还完信用卡，我一定把你们都买了！

信用卡好刷，但不好还。这是一个过来人跟你说的话，年轻人，听我一句劝，千万别过来。

005

创业一点儿也不好玩，甚至会加剧焦虑病发。

从前是别人投钱、别人做老板，你只需要做好分内的事情即可，保证自己不把事情搞砸就行了，再不济，就算搞砸了，还有你老板扛着。这是我从前的老板饶雪漫女士告诉我的，我虽然相信这句话，但也一直告诉自己，就算如此，也不能把事情搞砸了。而如今，眼看身后没有人站着了，你有且只有你自己了，你说我能不心慌吗？

房租每三个月付一笔，庆幸的是，共享办公室网络免费、水电免费，连饮用水都免费，甚至我们的办公空间里还有一个洗澡间——简直人间天堂。但眼下，有工资要付、作者的稿费要付，印刷款、设计费、插画费、营销费，一个个排着队等着你去付。一个个付完了，以为万事大吉？并不是，还有年底的退货在等着你……

我当时就觉得：从前我觉得，钱难挣、屎难吃；现在我觉得，我不想挣钱了！

我想当只狗，汪汪。

006

我身边有不少创业的朋友。

他们听说我创业后问的第一句话出奇地一致："你创业做什么？"

听到我说做图书出版之后，他们的脸色比我还难看。不解地问："都这步田地了，还做什么劳什子的出版？"

我当时的脸色肯定很难看，还好我擦了粉底液。

我尴尬地笑了笑："因为除了出版，我再也不会别的了呀。"

说来挺尴尬的。做书这么多年，中间跑去影视圈打杂了一年，看完《重版出来！》之后，被黑木华感染了，于是又折回来重做出版。说到底，我连个"日剧跑"都不会的人，竟然敢去学人家的精神，天真，呵呵。

但是，我当时甚至没有拿得出手的作品，"畅销"决定编辑的地位。

我获得最多的夸赞就是："他这个人，做书挺漂亮的。"

漂亮？漂亮有什么用！漂亮又不能当饭吃。就像我一样，人长得好看有什么用，还不是为生活吃尽了苦头。

不说了，说多了都是泪，我的泪腺萎缩好久了，挤不出两滴珍贵的眼泪。

007

刚创业，忙是永恒的主旋律。

国庆节前一天，我和我们的另外一个合伙人加班到两点才回家。为了赶制《大约在冬季电影全记录》这本书。

我还记得当时我们俩人跟熬鹰一样坐在电脑前调整版式、修改错字，想每一个篇章页甚至每一页的设计应该如何不同。好不容易调完一大半了，他的电脑死机，无法导出！

我们两个人都近乎崩溃。他的大脑"停止运作"，我三更半夜跟其他设计朋友发微信，问他们能不能转出低版本的文件，才将此事解决。

我当然也记得《大约在冬季电影全记录》随着电影做活动，我们仨站在凛冽的寒风里，拿着印有二维码的宣传页在粉丝群里吆喝着推销图书，我们点了外卖咖啡，本想喝了暖和一点儿，结果送来的是加冰的。

我们在现场弯着腰往媒体人的伴手礼里丢宣传页，等到人家走了，发现宣传页被丢了一地，再去弯着腰捡回来。

那一刻，我的想法只有一个——我一定要把公司做起来，否则都对不起我自己，对不起我的合伙人。

008

有一天，我的焦虑症犯了。

　　我跟也在创业的朋友包包说起此事，她安慰我，大意为："我当时也跟你一样，但是后来想想，大不了就是搞砸了从头再来嘛！这点儿勇气还是要有的！"

　　我点点头，深以为然。

　　回首往事，我已经搞砸了不少事情了，人生里不缺这么一笔，更何况，万一我成了呢？

　　我跟我的前前老板雪漫姐说："说真的，我很怕自己搞砸。"

　　这么说是有道理的，一直以来，我都是个极度不自信的人，我不相信我能够凭借自己的能力扭转什么，我觉得我甚至左右不了一切的走向。

　　但她是这么跟我说的："你不要急，就是要觉得你能，你就是很能。"

　　说实话，听她这么说的时候，我有点儿想笑，但又想哭。

　　"你能。"

　　这是一个肯定句。

　　这是对你从前工作的认可，也是对你未来的鼓励。

　　后来，我也信，我能。

　　一定、肯定、绝对、确定、毋庸置疑、不容置疑、毫无疑问，我能。

　　那，祝我好运。

山河星月，不过自我的别名而已

Part 2 ＿

·
·
·

11

但凡梦想没有死光

·
·
·

我们有太多时候跟自己说，妥协吧，接受现实吧，却没想过，兴许成功离自己已经很近，我们缺少的只是再多那么一点点的坚持。

001

小优是我的一名读者，高考完毕后独自一人来到北京。

她在大早上给我发来短信，称自己到了北京，住在青旅。我给她回短信，让她好好休息，我抽空请她吃饭。

中午休息的时候，我翻阅手机短信，忽然想起小优来。

算起来，我与小优认识有几年了，她读初中的时候便读我的小说，后来不知怎么找到了我的联系方式，每天都会在网上和我聊很久，从小说当中人物的命运聊到生活里的琐事，对我尤其信任。

那时才忽然感知到，她竟然已经高考完了。算起来，真是看着我的小说长大的了。

那几天的北京，一直断断续续地下着雨，我们将吃饭的地方约在了簋街。

怕尴尬的缘故，我还叫上了另外两个朋友一同去。其中一个女生与小优年纪相仿，是标准的"95后"，于是原本紧张的我稍微松了口气，这样就不必担心与小优没话可聊了。

我与另外两位友人早到一些，没多久小优到了。小优瘦高，戴着一副眼镜，一出地铁站，便认出了我，冲着我腼腆一笑，根本不像是昔日网上那个话多的小姑娘。

簋街太热闹，说话基本靠喊，与旁人相比，我们几个显得毫无生气，匆匆吃完，便逃也似的走了，走时竟有一种解脱的感觉。友人提议去南锣鼓巷，于是一行人又搭乘地铁去了。

　　四人就这样去了一间叫"登陆"的酒吧。那酒吧我去过几次，和朋友，或和恋人。每次去的时候心情都不太相同，心境也不同。

０ ０ ２

　　我问她考试怎样，她说："不怎么理想。"说着，她抓了抓脑袋，"我有些不知道该怎么办，一想起来自己考得这么差，觉得对不起父母，不好的大学又不是很想去读。"

　　我问小优："那你有什么打算吗？"她顿了顿，说："想去学化妆。"

　　我知道小优一直喜欢一位男明星，做梦都想去见他，于是我猜测，她学化妆一定是为了更靠近那位男明星，我笑着说："你不会是为了接近你的偶像吧？"

　　见小优不说话，我知道，自己的猜测是正确的，便又说道："如果不是自己喜欢的，那就不要一时脑袋发热去做，免得以后想起来觉得后悔。"

　　我有一个好朋友，在圈内算是小有名气的造型师，为不少明星做过造型，依旧赚得很少。

　　我们两个常常聊天，有次不知怎么就聊到了梦想，那位友人说："如果不是为了梦想，谁还要留在北京？我们不都是在等一个儿会吗？"

我将这件事告诉了小优，我说："一定要想好自己心里想要的是什么，然后再去做。而那些在心里短暂出现的想法，不能算作梦想，充其量是你内心的一种欲望。"

小优问我："那你一直想做的是什么？"

是啊，我一直想做的，又是什么呢？

我整理了下思绪，跟小优讲了自己的故事。

003

早年我读书的时候，有过两个梦想，一个是成为一名语文老师，另外一个则是成为一名作家，写自己喜欢的文章。

读高中那年，因为一些原因，我没有继续读下去了。我家境普通，辍学之后也只能进一家皮鞋厂做工人，那一年我15岁。

至今，回想起来那段日子，仍旧觉得难过。我的15岁是在饿肚子当中度过的，曾经因为没钱吃饭喝了一个星期的自来水，为了多赚点儿工资主动要求加班，晚上躺在集体宿舍，常常睡不着觉，便握着笔在日记本上写东西，或是看路边买来的杂志。

那时候，我常常会想：完了，我这辈子估计只能这样了，在工厂里面待着，一辈子也看不到头了。人啊，总是对未来充满好奇，幻想高于实际。

从15岁到18岁，这三年，我都是在工厂里面度过，从皮鞋厂到电子厂到玩具厂。在玩具厂的时候，我是全车间拿工资最高的一个人。那三年我就是这样从广州到深圳，再到东莞、汕头，以至于现在我对这几个城市都没有什么很深印象。

那会儿我刚接触网络，在一些BBS（论坛）上写些小感悟之类的。那时候，我心中还对未来抱有幻想。

2007年9月，我从汕头跑到北京，去找我的一个朋友，我们姑且叫他张。

张和我一样高中未毕业，独自一人在工厂待了两三年，然后跑到了北京，在一家市场调研公司做访问员。他得知我还在工厂时，略微有些诧异，于是便和我提议，要我到北京来。

那时，我只当是换个地方去生存，没想到，那却是人生转机的开始。

004

初到北京时，我与张住在十里堡附近的一个小村子里，房间是四合院儿里的其中一间。

我与张一起找到了一份新工作，到了晚上，两个人就去家附近的网吧上网。有次我在家做饭，脑子里突然灵光一闪，于是扔下锅铲就跑到网吧里去写稿子。

原本只当是好玩写的一个稿子，结果却成了我发表的第一篇稿子，赚了差不多小一千块钱的稿费。

就是这样，我莫名进入了另外一个圈子，与从前的生活断得干干净净。

最初写东西的时候，我家里的人是不能理解的。

对于我每天熬夜写东西这件事，在他们看来是有问题的。他们甚至在私底下讨论，觉得我写东西写成神经病了。

听到家人这样议论自己时，不是不会难过的。难道一个人心里有梦想，家人不应当是最先支持的那一个吗？现实告诉我，不一定。

在通往梦想的路上，我们可能会遭到很多人的怀疑，甚至是鄙夷。在他们看来，有些事，是我们不能做到的；有些地方，是我们很难达到的。

他们觉得我们就应该按照他们预想的样子生活、成长，我们应该是一个平凡的人，梦想只是口中说说的词语，犯不着因为爱上天上的星星就要去摘下来。

可是人们从来都不否认星星散发光亮时的美丽。

那时候，我也为此而产生过质疑，我问自己能坚持多久，对于写作又是什么态度。我的答案在最初是模糊的，我不知道我能坚持多久，我只知道，如果让我放弃，我做不到，也不会快乐，我找不到可以让我感觉更有意义的事情了。

那么，我所能去做的，就是像个傻子一样去坚持。

毕竟梦想还是要有的，万一实现了呢？这辈子过得平庸无常有什么意思？

我一定要野一次。

005

2008 年，通过朋友介绍，我从北京去往西安，成为一名杂志编辑。我就是这样进入了杂志圈，至今想起来，还觉得有些不可思议。

后来，我知道了"相互吸引效应"，说的就是你对某件事情感兴趣，为之付出努力，一定会有收获。换句话讲，你在渴望你的梦想时，你们是相互吸引的，总有一天你们会相遇。

而用我的话来讲，就是如果你真的想要做成一件事，只要你够努力，连老天爷都会帮助你。

但是前提是，你必须要知道，自己想要的是什么。我们不能总只站在原地喊"这不是我想要的生活"，而不去想要怎么改变，任何事情都是要靠自己去争取，才会改变的。梦想尤其是。就像是你想中彩票，能中的前提是你手里得有一张彩票啊。

你拼尽全部力气换来的，定然需要去珍惜啊。因为所有不被珍惜的梦想，最终都将背离我们。

小优说："从没想到，你还有这样的故事。"

是啊，这大千世界、滚滚红尘，大街上走过的人们，互相遇见了，便淡漠地看上一眼，彼此都只以为眼前的人平平凡凡，没有谁能看到别人背后的故事。

当然，我跟小优讲自己的故事并不是在吹嘘自己多么厉害、多么成功，而是在告诉她，梦想这件事。

我得承认，直到现在，自己有时候去做签售，签名的手仍旧会颤抖，总觉得周身的一切都是一场美梦，动辄便会醒来。

人是应当有梦想的，若不"做梦"，整个人生都是一场平淡无奇的旅行。有了"梦"就不一样了，这"梦"将会带带我们进入到人生的另一个天地里，让我们看到先前我们未曾经历过的生活。一切都变得有意思了。

人生那么长，一定要让自己过得有趣一点儿啊。我们总不能等待别人来改变我们的生活，任何一条路都是自己走上去的，而不是谁拉着你走的。

在我出版了人生的第一本小说之后，我的家人对我的态度简直是来了个大转变。他们常常以我为傲，觉得我是兄弟姐妹当中了不起的那一个。

从前的那些言论悉数收去，换作另外一种。而我突然好奇，如果当初，我没有选择这条路，而是按照他们给我选择的去走，那么，我现在所过的生活，又是怎样的呢？

也许会比现在好一些，但是总归不会太快乐。这世上，还有什么能比快乐本身更有意义呢？

所有萌生过的梦想，只要努力，总能实现的。而写作这个梦想对我而言，已经被完成了，我的人生需要另外一种走向。当然，我不会放弃写作，只是我需要去做另外一件更有意思的事情了。

006

说到这里，我又想起来身边的一个小男生的故事，我们就称这位小男生为艾伦吧。

认识艾伦的时候，我们一起在 BBS 上面写文字，那时我已在一些杂志上发表过一些文章了。

艾伦对于我在杂志上发表过文章这件事深感羡慕，他常常在 QQ 上跟我说起自己的梦想。他说自己想当明星，唱歌、演戏、当影帝。那时我只当这是句玩笑话。我说："我也有过那样的梦想，不过我的梦想是写歌词儿。"我还真的写过两三本笔记本的歌词。艾伦说："我一定要做到！"

他喜欢用感叹号，跟他聊天时，对话页面满屏都是感叹号，好像这样才能证明他是真的在乎这件事一样。

他常常在很晚的时候，和我们一个共同的好友视频。那哪里是视频，简直是艾伦的个人表演秀。他从唱歌到模仿，做得像模像样，最后关掉视频的时候总会喊一句："我一定会做到的！"

我看着视频里那个戴着眼镜和牙套的小男孩儿。他头发很短，长得算不上好看。我根本没把他那句话当回事。

坦白讲，我身旁有很多这样的人，他们都爱做梦，想要去做明星赚大钱。但是，艾伦是真的做到的那一个。

那时候微博还没兴起，我们基本上还都是靠 QQ 联系。有一天我早起，刚到公司打开电脑，就收到了艾伦的消息，他说自己参加模特比赛获得了最佳上镜奖。我当时的第一个想法就是：天，艾伦这个小屁孩竟然真的做到了！

艾伦是 90 后，他年轻，有拼劲儿。

参加模特大赛获奖后的艾伦和一家公司签约了，演了好几部很火的网络剧，后来又演了话剧《雷雨》，拍的广告更是铺天盖地。有天我下了地铁，发现艾伦给某银行做的广告贴得到处都是。

艾伦他真的将自己的人生过成了一个惊叹号，他是比所有人都努力的那一个。

艾伦是如何做到的呢？向往，努力，拼搏。

每一次，我从地铁走出来，看到艾伦的广告画时，都会默默地跟自己说一句：不能忘记初心，一定要努力。

我们可能都有过不切实际的想法，更甚至有时候我们自己都瞧不上自己，笑自己傻，就这样轻易与梦想擦肩。

我们有太多时候跟自己说，妥协吧，接受现实吧，却没想过，兴许成功离自己已经很近，我们缺少的只是再多那么一点点的坚持。

在追逐这些梦想的时候，我们可能会被人质疑，但那又怎样呢？我们只是没有按照别人想的那样去生活而已。

我们都只为我们自己的选择埋单，不论成功还是失败。失败不足以说明什么，它只是告诉我们：还要继续努力，重新上路。

那天我们一直聊到很晚，小优喝着气泡饮品一直沉默着，她跟我讲："我决定继续学古筝。"

小优学了十年古筝，曾给我录过一小段视频。我不懂乐理，只知道她弹奏的时候，一双眼睛是有光的，那音乐非常打动人。

晚上出门时，外面下起了细雨，我们四人一起跑在雨里，我忽然觉得自己又年轻了起来。我希望小优能够知道自己想要的是什么，同时，我也希望自己不要忘记自己的初心。永远都像是最初那样，努力一点儿，再努力一点儿。

我的梦想，它一直都在前面，等着我呢。

12

人生无须完美

　　谁的人生都不是足够完美
的，势必会有所缺失。而人生里，
正是因为这些缺失，才让我们更
有力量去不断完成自我更新，变
得强大。

001

有天跟朋友闲聊，朋友突然问我："到了这个年纪，你最害怕什么？"

确是个好问题。人生行至如今，是否内心还会有害怕的事呢？

我没有很快回答她的问题，而是静下心来仔细想了想。

到了我们这个年纪，该经历的似乎也都已经经历过了，凡事发生大概也都知道如何应对，受得住最坏的可能，也接得住最好的一面。真正所怕的，无非是父母年迈身体机制出现问题，但衰老一事，是无法改变的既定事实，人人都得面对。于是，要说还有什么害怕的，也就只剩下深夜里接到朋友的电话这一项。

原因嘛，不是在言语上有所吝啬，也并非不愿交流。真相只有一个，那些在深夜里给你打电话的人，说的话往往都是掏心窝子的，且多数时间里安慰无效，只是徒劳。

因为这一问题，倒是想起了前段时间的某个夜晚。洗漱完毕之后，接到了久未联系的朋友十元发来的消息。她问我："方不方便通个电话？"

作为一个成年人，对于身边人再熟悉不过，知道她爱什么，了解她想要通话的因由。

我和十元认识数年，对她的人生经历也大概了解个七七八八。

十元和我一样，出生于南方某个小城，读书不多，早早就入了社会。最初下学那会儿，十元在工厂里做女工，平日里就是在流水线上待着，处理一个个产品。因为对摄影情有独钟，休息时，十元常常会抱着个相机到处拍，拍小城的风景，捕捉街头行人的画面，自学后期图片处理。在博客大热的时候，十元"收割"了一批粉丝。

后来，因缘际会之下，十元从工厂里跳脱出来，成了一名真正的摄影师，开始为人拍写真。这一路走来的辛苦，唯她自知。她不讲，于是我也就从不多问，身为朋友，这点儿默契还是有的。

002

收到十元的信息之后，我没回复她，而是第一时间将电话拨了过去。

电话响了几声，很快，十元就接了电话。她当时的状态不如往日，平日里的十元是个乐观的人，常常会讲些俏皮话。在任何人看来，十元不仅有着一双能发现美的眼睛，也永远是人群中最积极乐观的那一个，消极跟这个人是沾不上边儿的。但那时，十元在电话那头吸着鼻子，虽然沉默不语，但能感觉出来，她应该是刚刚哭过。

于是我问她："是刚哭过？这是遇到什么事儿了？快说来听听，好让我理一理怎么安慰你，怎么开导你。"

委屈与伤心这种情绪，从来都不会因为一个人年纪大了就不存在。更甚至，上了年纪的人伤心起来，往往比年轻人要更严重一些。

他们历经过太多，也都具有较强的承受能力，真伤心了，一定是被戳到了最痛处。但在这些时候，他们往往都会选择闭口不谈，因为总担心不被理解，反倒会让人徒生你过于矫情的想法。久而久之，伤心的事情藏在心里，要么慢慢自我消化淡忘掉，要么就积累到一定程度，崩溃一次。

十元断断续续跟我讲述了事情的经过，我这才知道她因何而难过。

得将时间往回倒。早几年，十元为一部院线电影拍摄了电影海报，从最初方案策划到后期制作，全部都是靠她一人完成，未有团队和任何工作人员协助。电影上映之后，票房不错，在业内也算是有口皆碑，人们更是因此而对十元多了些关注，后期找她拍摄海报的节目、电影团队，又多了一些。

十元独自生活了十几年，身边朋友不多，圈内的好友也鲜少。与别人的团队合作相比，十元显得有些特立独行。但随着名气的提高，工作量相应增多，发展一些合作伙伴也是理所当然的事。

单打独斗惯了、风格自成一派的野路子十元，即便是不搭建团队，也需要有一两个长期协助她的同行。团队壮大是好事，但几个人两次合作之后，问题就全都来了。

从前十元做任何决定，只需要按照自己的想法来就好，但有了团队之后，今时今日的一切习惯与规则都得重新改写了。

003

问题出在哪里呢？

十元从来都是个简单的人，又不混圈子，再加上是南方姑娘，说话永远都是温温柔柔、客客气气，是个看起来软绵绵、毫无压制力的人。有时候在片场，哪怕是一个协助她的灯光师，都敢对她吹胡子瞪眼。但她呢，遇到这样问题的时候，多数情况下选择了忍。

冲突解决不了问题，大不了下一次不与这个人合作了。这是十元的想法。

前段时间，十元接了一档真人秀节目的海报拍摄工作，时间紧迫，工作量也重。十元自己一人无法完成，于是就邀请了一位之前合作过数次的朋友前来帮忙。当然，十元将自己所得的报酬，也分了大部分给对方。

让十元意想不到的是，拍摄前，与甲方团队讲解拍摄方案的时候，作为团队一员的朋友，处处拆台。甲方倒没说什么，一开始，之所以选择十元来担任摄影师拍摄此次的海报，就是因为此前与十元有过合作，十分信得过十元，而且对十元这次的方案也非常满意。十元为朋友的拆台又惊又羞，连带着还有一丝丝愤怒。

方案会议结束之后，甲方支走了十元的朋友，与她聊了一下："你们是一个团队的吗？我第一次见自己人拆自己人台的。"

十元当下尴尬一笑，不知如何应对，只说："可能个人想法不同，但他这个人在灯光上还是技术过硬的，而且他这个人就这样。"

　　甲方笑笑，说："但有时候甲方更在意一个团队是不是一条心，只有一条心才能把事儿做好。"

　　十元点点头，没有应答，找借口推掉了甲方的午饭邀约。十元没回住处，在街头的便利店买了几瓶啤酒，喝了个精光。她坐在公园长椅上发了很久的呆，心里只想着一件事——人生中的很多事，为什么不像定格后按下快门那么简单？

　　太糟心了。

　　人在极度悲伤的情况下，是非常容易产生自我质疑和自我贬低的，而一旦开始自我怀疑与贬低，就会忍不住自我苛责。

004

　　十元想了很久，为什么那个合作了数次的朋友，会做出如此拆台的事。总结了一下之后，她得出的结论是：对方是个灯光师，在灯光方面确实技术过硬，又常年混迹影棚懂得一些拍摄技巧，同时也有过单独完成的作品。与十元相比，对方是个更善于经营和包装自己的人。

　　而十元呢？与行内的多数摄影师相比，未曾受过系统的训练，自己所掌握的摄影技巧，基本上都是这些年里自己摸索出来的。除了老天给的那些天分之外，十元对于其他的像是打光这样的知识，偏偏知之甚少。

一方面是出于尊重，另一方面是因为自己的知识体系确实有所欠缺，于是，当一个原本只是协助自己的人，在不合适的场合压制自己的时候，十元明明心里不满，甚至升起怒火，却没有多说什么。

即便这么些年来，十元确实拍摄了不少优秀作品，被诸多人欣赏，但从根本上来说，十元是个内心极度不自信的人。

这一点，我是如何得知的呢？偶尔她出差来北京的时候，我们一起吃饭，她言语之间常常是自我贬低。

在这样的情况下，十元开始自我怀疑，她觉得自己之所以能有一些代表作，凭借的不是自己的技术，而是因为那几年走了"狗屎运"。因为不自信，她更加不善交际、不懂拒绝，她甚至开始思考，是否自己并不适合做这一行。

十元絮絮叨叨说了一个多小时，说到伤心处，又开始哭了起来。我一边安慰她，一边梳理这些事情，这已经不是十元第一次自我贬低了，只是每一次的触发点都有所不同，但导向都是一致的。

不自信这个根儿深扎在十元的心里，长年累月，早长成参天大树，甚至结出了名为"苛责"的果子。

朋友的深夜电话和失声痛哭，着实是最让我害怕的事，因为别人跟你掏心窝子的时候，你常常会觉得硌得慌。

我说："你先哭，但是我也给你讲讲我的故事。"

十元哭声渐弱，从倾诉者转为一个聆听者。

005

我万分理解十元的感受，是因为，很多年前，我也是个和十元一样的人，极度不自信，甚至最擅长的一件事就是：自我贬低。

与十元一样，我读书甚少，早早就离开学校，入了社会。最初的那些年，是在工厂里艰难度日的岁月，那时候的我，是这样的状态：更多时候，对于一切都看似毫不害怕，甚至充满期待，觉得未来有无限可能；但也有一大部分时间，对于一切，都心生胆怯，怀疑自己将草草度过一生，毫无翻盘的机会。

好的一点是，无论在过往岁月里产生过多少自我怀疑，那些怀疑都被心中生出的不甘心吞没了，强烈改写命运的欲望将它们烧成灰，从此飘散不见。

可要想连根拔起那些怀疑，难。

从工厂走出后，进入杂志社工作也好，在出版公司就职也好，不管是身为一名普通职员，还是凭努力晋升为管理层，那骨子里的不自信始终都在。

因为没有受过高等教育，在有些场合里听到别人谈及专业术语或是其他事情时，内心就会犯怵，总是提醒自己要时刻紧闭上嘴，以免说错话。否则，一来露怯，二来闹笑话。

因为没有一纸文凭，即便工作能力尚可，但是面对更好的公司发来的 offer 时，依旧会自我怀疑，"不配"二字似乎被生活牢牢刻在了自己的脑门儿上。也因此，错过了很多看似不错的机会、人生的其他可能。

如此种种，在我身上发生的实在太多，无须多表。

从前和身边人说起来此事时，往往得到的答案是："你这个人太过妄自菲薄。"

妄自菲薄，对我而言，是个褒义词，为什么呢？它原本指的是：一个人过分看轻自己，太过自卑。换种理解方式是：你原本优秀，不必苛责自己。

自卑是真的，看轻自己也是真的，自卑不可怕，可怕的是，人生中一直过于看轻自己，从而开始苛责自己。

006

仔细想想，这一路走过来，真回头再看看，自己的人生俨然是一部励志小说的素材与标准模板。

这些年来，怀揣着万分不甘，我总想跟生活讨要一些公平，为此付出的努力，从不比任何一个人少。

记得那会儿自己因为缺少编辑经验，常常向别人请教问题，又或者默默去搜索引擎搜索、查阅资料寻找问题的答案。而某次所负责的稿件被退稿时，则在痛哭之后，直接当晚加班通宵将稿子重新校对一遍。

从前我是个说话过于直接的人，更不懂得如何控制情绪。以至于，在沟通中，明明自己确实占理，却因为太过于咄咄逼人，惹得对方大哭，事情发展到最后，好像自己才是那个不对的人。为此，我责怪了自己无数次，反复问自己：为什么你永远控制不好自己的情绪，总是能把事情发展成最糟糕的局面？

因为喜欢外出旅行，但自己的英语交流能力着实不佳，担心出国的时候连基本交流都成问题，于是就时常去看美剧，以此学习单词和语法，甚至还经常跟定居国外的好友以英语对话来提升自己的英语会话水平。之后，某次我在国外的海鲜市场与摊位老板疯狂砍价，对方最后说我："你不是说自己英语不好？你骗人。"

我有太长一段时间，都是在自我苛责中度过的。后来，又处于这样的境地时，我心中忽然萌生出一个问题——长久以来，我所有的自我苛责，是否都源自我骨子里的不自信？它直接导致了我事事都想做到极致，甚至想让自己经手的所有事情都能臻于完美的情况。

但人生哪有完美的事？

别人说你妄自菲薄，那只是他们不了解你内心里缺失的东西，即便你在某些方面确实足够成功，但是你总是更习惯看向自己缺失的部分。

拿着放大镜过日子原本就是错事一件，更不必因为自己未能将某件事处理得当，就疯狂开始自我贬低与打击。

谁的人生都不是足够完美的，势必会有所缺失。而人生里，正是因为这些缺失，才让我们更有力量云不断完成自我更新，变得更为强大。

007

故事讲完后，十元吸了吸鼻子，声音里略略带了些歉意说："你怎么从没跟我说过这些事？"

我笑了："机会没到吧？平白无故说这些，感觉是在当人生导师，况且我又没有资格。你现在听听，也就只当是路过了我的人生吧。"

十元也笑，声音懦懦："有时候还是需要听老师讲讲课，规避人生错误。"

"不，不是这样的，有些智慧都是自己犯错后才能得到的，别人说得再好，也没用，"我回她，"而且，记住一件事，永远不要因为一时受挫，就开始自我贬低。现在的受挫是真的，从前的那些成绩也是真的，我们所拥有的，都是我们亲手得来的。"

十元笑道："老师说的是。"

如此看来，她应该比通话前状态好了一些，于是我就跟她半开玩笑说："所以呢，每次受挫的时候，先不要忙着自我贬低，要先忙着去做另外一件事。"

"什么事？"十元问我。

"受挫后，最该多想想的是，在我们忙着自我苛责的那些年，都是在如何怯怯地过日子，为此多受了多少委屈。只要我们老了以后聚在一起，能有所回忆，发现人生中光彩时刻更多，就足够了。毕竟，人生已经很难了，永不必为既已发生的事过分苛责自己，况且，哪儿有绝对完美的事儿呢。"

我想了想，这句话既是在回答十元的疑问，也是在说给自己听，以此共勉。

13

不找寻，自拥有

你看，只要稍微梳理一下，你就会意识到，其实很多时候，我们并不缺乏安全感。安全感与生俱来，只是我们不自知罢了。不必通过其他方式去填补，更不必找他人要安全感，我们原本就拥有。

001

提起安全感，我总会想起一件陈年旧事。

有一年，十一假期结束后，我从新疆回西安。好巧不巧，碰上了极端天气。于是，原本应于晚上起飞的航班，被临时更改为次日一早起飞。

那会儿，时间尚不到晚上七点钟，我刚从奎屯乘坐了四个小时的大巴抵达乌鲁木齐地窝堡机场。总不能即刻折身回家吧？那不现实。可毕竟也不能就这么在机场耗上一夜。于是，在机场就近找了一间旅馆，预定成功之后，我便打车前去了。

旅馆较为破败，尤其隔音效果奇差无比。门锁也不是很牢靠，轻轻一碰就一副摇摇欲坠的样子，总感觉如果来个力气稍大一些的人，一把拽掉门板也是极可能会发生的事。

倒也不是没有半分优点，从那里到机场不算太远，搭出租车只需十五分钟左右，最关键的是，价格相当便宜。

进门后，我将门反锁上，仔细检查了一番，才坐了下来。从书包里取水的时候，竟摸到了一个信封，没敢直接取出，而是将包揣在怀里，一手又伸进包里，轻轻拆开信封一角，瞥一眼，是厚厚一沓钱。细数了一下，足足有5000块钱。

不用问，偷偷把钱塞进来的人，肯定是我妈。那会儿我在汽车站过安检时，她一直在门外喊着："路上注意你的包。"

十二年前，5000 块对我而言不算个小数目了。这让原本困意正浓的我，突然变得精神无比。当时的首要任务只有一个，那就是如何才能把这 5000 块钱找个绝对安全的地方藏起来，以免遭窃。

时隔多年，这一幕依然清晰如昨。我还记得，最初我把钱塞到了行李箱中的某本书里，再将书放在一件相对厚重的外套里，放好后，人刚一坐下，还是觉得不够稳妥。于是又起了身，翻箱倒柜把钱拿出来，匀为两份，塞到了鞋垫下面，最后，再将鞋子穿上，这才躺在床上，睡了过去。

早些年，我很容易就会陷入没有钱的恐慌中。也一直告诉自己，只有赚了足够多的钱，才能填饱肚子，不至于住到一旦下雨房间就跟着漏水的城中村老旧民建房里，更不需要一边盖着黑心棉被在夜里瑟瑟发抖，一边担心浑身的皮肤被染色。

那个时候，对我而言，安全感就是有很多很多的钱。

002

好友周梦则恰好与我相反。

周梦是小有名气的平面模特，身高一米七七，天生的衣服架子，平日里工作邀约不断。对她而言，赚钱从不是一件难事。

用周梦自己的话来说就是，她永远只会为一件事忧心忡忡，那就是恋爱。每次朋友聚会，她永恒的话题是："为什么我的腿这么长？

把想要追求我的男人都吓跑了！"

　　其实，周梦的问题不在身高，而是每一次开展一段恋情后，她整个人都会变得特别没有安全感。

　　身为模特，工作安排只要稍微密集一些，休息不好就是常有的事，而各类化妆品涂在脸上，少有给脸呼吸的机会。于是，钱是赚了，周梦也成了敏感肌，痘痘变成了常客，清除之后，还会赠给她一个痘印。

　　其实，谁的皮肤都不是无瑕的，有痘印是再正常不过的事儿。但对于周梦来说，这简直是要了她的命，也因此，她开始渐渐变得不自信了。

　　夸张到什么地步呢？周梦恋爱那会儿，晚上去男朋友家里住的时候不敢卸妆。只要粉底仍在脸上，她就还是最耀眼的那一个，而卸妆，只会让男友发现自己的满脸痘印。

　　大概也是因为这一层关系，周梦对恋爱的态度就像是想要触碰又收回的手。

　　周梦的安全感，是皮肤能够无瑕疵，最好吹弹可破。只有这样，才不至于吓得自己连妆都不敢卸。

003

　　讨论安全感，难免会想到另外一位好友大白。

　　无论是和我相比，还是跟周梦相较，大白都显得有些另类。

　　大白与我们年纪相仿，家境不错，工作能力也强，收入不菲。大白在朋友圈中还有一个别名：白富美。姓氏为白，长相出众，与一众好友相比，她最擅长攒钱和赚钱。

　　直到某次聚会聊起来时，我们才了解到，大白之所以那么喜欢攒钱，并且总是喜欢琢磨怎么才能多赚点儿钱，完全是因为太过缺乏安全感。

　　大白从前不是这样的人。大学毕业那会儿，进入职场的头两年，大白的日子过得相对"腐败"，挥霍起来眼都不眨一下，常常不到月底已经将收入花个精光。那时的大白，即便"月光"也不会没有安全感。

　　问题出在大白分手之后。

　　大白有个恋爱多年的男友，后来两人分手。大白在这段感情中投入甚多，失恋让她备受打击。

　　就是从那个时候，大白整个人都变了。

　　她不再像从前那样"挥霍"了，每次发了工资之后，都会把钱拆分成数份，每一份都各有用途。若是有结余，大白会把结余的钱存起来。如果仅仅只是这样还不足为道，从前的大白是个"品牌控"，而现在，她甚至学会了货比三家，一样的商品，首选必然是最便宜的那个。

　　用大白自己的话说就是：失恋之后，基本上对什么都提不起兴趣，唯独对钱的欲望特别强烈。

每次出国旅行前，大白首先想着的，不是去做攻略，也不是一定要去当地的哪个地方打卡，而是接连数天在朋友圈里发代购预热广告。最终，她的旅行基本上都变成了代购。

擅长设计的大白，还开了一个淘宝店，专门承接各类设计工作。白天工作结束后，回到家里的大白又要忙碌到很晚。

如此过了几年。有一天，大白看了一眼自己的账户，发现这几年自己攒下的存款数额惊人。大白并没有为此感到高兴，而是觉得，钱还不够多，还要继续赚。

身边有朋友看大白单身数年，想要介绍朋友给她认识。那会儿，大白正在回复淘宝上买家的问题，听了之后，连连摆手："谈什么恋爱，赚钱不好吗？"

有天深夜，大白忽然在我们几人的群组里发了一句话："朋友们，我觉得我有病，每天都想着怎么赚钱，现在来了个关键的问题，我发现我这些年赚了不少钱，导致我恋爱不想谈，婚也不想结了。我是不是没救了？"

004

每到周末，只要各自不忙，我们这帮好友就会聚在一起。平日里的安排也都不同，有时是一起吃火锅，有时是外出烧烤，也有时是聚在一起闲聊喝酒。

无疑，本周聚会的主题，就是讨论如何让自己不再缺乏安全感。

大白刚从海南回来，带了不少化妆品，挨个给人发。

周梦呢，刚为某护肤品拍了平面广告，厂商送了不少面膜，她就直接将面膜丢在桌子上，一边低头回复微信，一边说："面膜自取啊。"

朱闪闪则将自己做的九寸蛋糕从盒中抽出来，拿刀均匀切开，分盘时嘴里碎碎念着："今儿这蛋糕是无糖的，每个人都得给我吃，谁要是敢矫情说自己减肥，自己退出组织吧。"

我站在一旁，将起泡酒瓶塞打开，挨个给她们倒上。

如此操作一通，一群人才都坐定，讨论就此开始。

最先发言的，是宽姐。宽姐拍拍手，示意大家安静，待到大家都静下来了，宽姐不疾不徐拿叉子扎起一口蛋糕，送入嘴中，含糊不清地说："先说你，你之所以觉得只要有钱，就有安全感，原因就一个，从前你苦日子过多了，完全是穷怕了。所以，一旦你账上没剩几个钱，就开始不自觉往最惨的遭遇里自我代入。"

对于宽姐的这一解析，我表示赞同。朱闪闪今天做的蛋糕不错，尤其是糕体上所覆的水果，很是新鲜。

此时宽姐已经吃完一块蛋糕。她抿了一口酒，将目光落在我身上："你这个问题想要解决，其实很简单，你看大白就做得很好。到手的工资也好，其他的收入也罢，到账后先不要急着去消费，咱先把钱细分一下，什么钱用到什么地儿，一早就制定好规矩。后续在使用过程中，也严格去执行，钱够花了，还有结余。还会觉得没有安全感吗？"

诚如宽姐所说，只要规划合理，不至于总将日子过得紧紧巴巴，也不会为此而焦虑。

"好了，解决一个。闪闪，周梦就交给你了，你来给她把把脉。"宽姐盘腿坐在地毯上，拿起一盒面膜研究了起来。

005

朱闪闪接棒，清了清嗓，这才开口："那我就来说说我的看法，我觉得周梦这事儿的逻辑是这样的。首先，是人都会脸上长痘，只不过你的痘比别人长得多一些而已，但你知道原因啊，工作性质特殊，经常带妆，有时候可能妆都没卸干净，光我都看见你好几次拿肥皂洗脸，你可真够糙的。"

听到这句，众人哄堂大笑，周梦放下手机，辩解道："拜托，像我这样勤俭持家的人，少见，懂吗？都学着点儿。"

"除了卸妆要讲究，同时，你得记住一句话，好皮肤是管理出来的。平常除了在饮食上多注意，每天也要多喝水，还有就是，你得定期去美容院做护理。其实现在很多项目都很不错的，基本上一个疗程下来，痘印就变淡，甚至没有了。"朱闪闪拿出手机，划拉了一下："这周五你要是有空，把时间空出来，跟我一起去美容院。"

"朱老师，您点评完了吗？"周梦一贯如此，属她最鬼灵精。

"没有，"朱闪闪伸出手，捏住周梦的下巴，"还有就是，女人，永远不要忘了你是个模特，你的脸、你的整体形象，就是一个品牌。我不允许你妄自菲薄，因为一点点痘印，就喊叫着没有安全感。你得明白，你确实靠脸吃饭没错，但一个人如果只是爱你的皮囊，这样的感情不开始也罢。懂了吗？"

周梦一把拍在朱闪闪手上，轻抚了一下自己的脸颊，娇嗔回道："人家知道啦。"

006

对于大白的问题，大家各有看法。

宽姐离大白最近，一把将她揽在怀里，语重心长地开导起来："大白啊，你以后可千万不要再去钻牛角尖了，更不要总想着赚钱这件事儿是一种病。多少人想赚钱，但是很多人都不像你这么有想法，也没那个能力。还有就是，喜欢赚钱，从来都不是什么可耻的事儿，甚至这是件好事儿。你靠自己的能力来完成变现，这么做只会让自己的人生过得更好。"

朱闪闪躺在周梦怀里，将头别过来，看着大白："其实分析一下，就明白你为什么总想着赚钱这件事儿了。虽然我不清楚你在那一段感情中遭遇了什么，但是对你造成的伤害和影响肯定是很大的。或许就是从那个时候开始，你给了自己不少心理暗示，谈恋爱伤神、伤心，远远不如赚钱、攒钱来得更有意义。因为钱是死的，你赚多少存多少，只要你不动，它就一直在那儿，也不会给你带来任何伤害。

时间长了，习惯成自然，而且你在赚钱这件事上也更加得心应手了，你就会觉得，赚钱是最能给你带来安全感的事。"

大白听完之后，若有所思地点了点头，但并未说话。

我端起一杯酒，递给她，冲她笑了一下，开口说道："跟你一样，我之前也在感情里受过伤，而且我相信在座各位，肯定都有过不同程度的创伤。人在受伤的时候，大脑一定会产生自我保护意识，会让我们产生一种悲观和逃避的想法，只要你不再开展一段新的恋情，你就永远不会再受伤。

"当我们受伤的时候，会觉得大脑所产生的这个意识，简直就是真理，然后也会去绝对执行。但是大白，你想过没有，凡事都有两面。往好处说，它在某种程度上，的确对我们起到了保护，但往不好的方向去看，是它让我们彻底封闭了自己，不接受其他可能。"

这段话，是说给大白，但也是说给自己的，与大白不同的是，我允许自己自我封闭了数年，以此完成自我修复，可那并不影响我对将要到来的一切充满期待，即便我知道我仍有可能会再次受伤。

你看，只要稍微梳理一下，你就会意识到，其实很多时候，我们并不缺乏安全感。安全感与生俱来，只是我们不自知罢了。

不必通过其他方式去填补，更不必找他人要安全感，我们原本就拥有。

14

逆流而上的心

我始终相信，在这人世间，还是有绝大多数的人，选择勇敢直面惨痛过往。只因为，他们太清楚，与顺流而下的人生相比，他们更愿意有一颗敢于逆流而上的心。

○○1

我之前带团队的时候，部门里有个叫秋华的姑娘。

秋华大学毕业后，因为对出版怀有一腔热爱，于是在看到公司发布的招聘信息时，第一时间将简历投了过来。

在我收到的一沓简历里，秋华的那份设计得最为简单，但看完简历之后，我对秋华的印象尤其好。秋华在简历后面附上了自己从前创作的一篇短文，我仔细看了一遍，一个错字都没有，是个细心的好孩子。

秋华从面试到入职，前后只用了一周的时间。

与公司的同龄人相比，秋华更为文静一些。她戴着一副黑色框架近视眼镜，说话慢条斯理，从没见过她跟谁红过脸。而说话慢条斯理的秋华，学习能力强，工作起来效率极高。

虽说是新人，可平日里安排给她的各类工作，也都被处理得很妥帖，基本上不存在太多硬伤。当然，她偶尔也会有出差错的地方，但通常，你只要跟她讲解一番，她下次准不会再犯同一错误。

在团队中，秋华不是话最多的那一个，但无疑有着好人缘。大家在字词使用上拿捏不准时，总会走到秋华跟前，向她讨要一个正确答案。不管多忙，秋华总是放下手头工作，跟对方讲解。

至于为什么都会选择去问秋华，是因为秋华午休时间最常翻看的，就是新版字典。

秋华年纪虽小，但明确地知道自己内心最想要的东西是什么，同时，也愿意为此付出相应的努力，完成自我成长。

坦白讲，我每次看到秋华的时候，都仿佛是在照镜子。她时刻提醒着自己，不能倦怠，要一直努力向前。

002

一个月后，秋华的实习期结束了。

我从人事部门领取了转正单后，叫上秋华，两人一起到了小会议室里。我打算跟她聊一聊。

"一个月下来，什么感觉？"我问她，为了避免她觉得紧张，问完这一问题后，我直接低下头，着手填写起了转正单。

沉默了数秒之后，秋华才怯怯地说："挺好的。跟我之前预想的差不多。"

"工作过程中，有觉得吃力的地方吗？"秋华是个寡言的人，从来都是默默工作，很少提问。只有每周集中培训的那点时间，她才会来发问，想必肯定有遇到问题难解、倍感吃力的时候。

那会儿，我已经写完了转正单，抬眼看着坐在对面的秋华。她也直视着我，冲我腼腆一笑，言语诚恳地说："不吃力。我刚入出版行业，对出版流程本身就了解得不是特别多，花时间去学习是理所当然的事儿。"

　　"有什么问题，记得随时问我。"之所以这么说，是因为我想起了自己早些年刚入出版行业时的状态。我太了解为了让自己的步伐与其他同事一致，甚至赶超他人，需要付出多少的努力。

　　我将转正单递给她："你的转正单，你把它交给人事部就去工作吧。"

　　秋华原本伸出手打算接过，但听到我说的话之后，未完成接过转正单这个动作，脸也跟着泛红起来，特别不好意思地跟我说："可以麻烦你帮我交一下吗？我突然肚子疼，想要去洗手间。"

　　我朝她摆摆手，示意她赶快去，便拿着那张转正单往人事部走去。

　　那时的我只以为她是真的着急去洗手间，后来再回想起来，才发现，那根本就是她启动了自己的逃避意识，并以这样委婉的方式，向我传达了自己不善交际的信号。

　　很可惜，这信号传递得太过微弱，我未能在第一时间接收到。

003

　　秋华寡言，日常也不怎么与人沟通。

　　中秋节，单位聚餐时，其他部门的同事见到秋华，都以为她才入职没多久。实际上，秋华那时已经入职三个月有余了。

　　其他人都和同事打闹成一片，秋华呢，安安静静坐在一角，夹起一片牛肉，丢到沸腾的火锅中，过一会儿，又默默捞起煮好的牛肉，蘸了调料送入口中。

人人性格皆不相同，身为她的领导，在我看来，只要工作没问题，其他的，我无意多管。毕竟我原本就没有什么资格去对别人的人生指手画脚。更何况，对于秋华当下性格的形成原因，我并不了解。

但那一天还是来了。

中秋假期结束，回到公司之后，老板就将我叫到会议室，交代了一件事。

老板有位挚友，是个成功的女企业家，她从未倚靠过任何人，完全是凭自己一步步走到现在。一路走来，她历经各种辛酸，公司上市之际，心里生出许多感慨来，想要将自己的经历写下来出版成书，以此纪念那段拼搏的岁月，同时，也希望将来读到这本书的人能获得启发和帮助。

老板嘱咐我："你好好查一下她的资料，先初步做一个简单点儿的策划方案，等你做好以后，我来安排时间，你们见个面。"

004

那段时间，我手头上有一部公司内部定为 A 类的重点书在操作。策划方案我自己来做，把时间挤一挤倒也没问题，但我仔细想了一下，觉得目前团队里的编辑们，编辑能力没有太大问题，唯独在策划能力这一块相对较弱，而造成这个问题的主要原因，是他们缺少实操的机会与经验。

　　眼下倒不失为一个好机会。

　　做出这一决定之后，我即刻召集大家就此事开会。在会议上，我嘱咐部门里的图书编辑们，每个人都要独立思考来确定图书的主题方向与内容设置，并完成图书策划方案。而最终由谁来操作这本书，则以谁做的策划方案最佳为准。策划方案的制作，为期一周。

　　一周后，大家的策划方案陆续提交了上来。

　　讨论会上，大家互相阅读彼此的方案，最终一致认为，秋华的策划方案内容更翔实、定位更精准。在资料搜集整理上，秋华是整理得最全的那一个。为了能更了解这位女企业家的故事，秋华看了她参加的所有访谈节目，做足了功课。而在内容设置上，秋华的设计也有别于市场中同类图书。这一个方案便足够窥见秋华的灵性了。

　　于是，这本书交由秋华来操作，并由她跟进后续所有事项，就确立了下来。

　　会议结束后，秋华未起身离开，等人都出去了，她朝我走过来，坐在一旁，一双眼睛里写满了心事。

005

　　秋华心事重重，眉头紧皱，看样子，应该是在为什么事情而纠结。

　　于是，我问秋华："你是不是有什么事想跟我说？说吧。"

　　她点点头："你看这样行不行？方案确实是我做的，我也的确可以来做这本书，但是能不能给我安排一个搭档，他负责一切外联，我就专心做书。"

事实上，这一要求并不过分，也的确可以如此安排，但我心里有疑问，我问她："原因呢？"

秋华抬起眼来，注视着我，自嘲一笑："我这个人，不太擅长与人沟通，所以能闭嘴的时候绝不多说。而且，除了害怕给别人留下不好的印象，我更担心自己说错话，最后导致合作失败。"

听完她的这段话，我一时之间竟不知道应该如何安慰她。我认识的秋华，待人真诚，极度谦逊，即便是在与他人为数不多的交谈里，都保有分寸。

我看着秋华："咱们先把策划方案和合作的事儿放一放。你能不能跟我讲一下，为什么你会觉得自己跟人沟通有问题？"

对于这一提问，秋华没有表现出避而不谈的态度，缓缓跟我说起了一段往事。

006

秋华生于某个南方小镇，一家四口，弟弟晚她五年出生。

可明明一样是父母的孩子，待遇却并不相同。秋华倒也不生气，她大了弟弟整整5岁，至少有五年的光景，父母的那点儿爱是被她一个人独占的。于是，即便后来被区别对待，她也从没放在心上过。

秋华年少时，性格不是如今这样，那时候的秋华，身上有着小女孩儿特有的张扬，嘴角永远上扬，因为向来能说会道，所以从没想过，跟人沟通会成为自己往后人生里最害怕的事。

有年暑假，秋华回到家里，发现弟弟把自己的暑假作业撕了个粉碎。她当时气急，冲着弟弟吼了一声："你要死啊！干吗要撕我暑假作业。"

好巧不巧，这一幕，被回家的爸妈看到。那句话让秋华妈妈火冒三丈，将秋华按在沙发上，痛打一顿。秋华不知道，弟弟生下来就患有先天性心脏病，需要精心照顾，而"死"是她妈最忌讳也最不能听到的一个字。

后来，又有一次，秋华放学回到家里，发现她爸做了红烧鱼。但秋华每次吃鱼总会被刺卡着，于是便嘟囔了一句："怎么又是鱼？我可不想被卡刺了。"

放下书包，回到房间里，她爸喊了她两次，她都回："我不吃鱼，你们吃吧。"

换来的，又是一顿打。

后来，这样类似的事件又上演过几次。那之后，秋华变了，能闭嘴就绝不说话。每次挨打之后，她妈妈总会接着数落她："不会说话就少说，每天说些不中听的话，就是自己找着要挨揍。"

不会说话，少说话，说的话不中听，这些标签，在过往的岁月里，反复被贴到她身上。到后来，她逐渐成了个沉默寡言的人，别人说她性格古怪时，她也懒得解释，更甚至，后来遇到需要与人交际的场合，她一律会找借口推托。

逃避成了她的一种自我保护的手段，并且永远占据主导地位。对于秋华来说，逃避可耻，但有用。

007

说完这些，秋华看了我一眼，冲我笑了笑，我却有些笑不出来，甚至心里有些难过。那些在外人看来不足为重的小事，全都滚到一起，已然成了雪球。

我看了秋华一眼，想了想，还是没忍住和秋华说了我的心里话。

我郑重地跟秋华讲："你的提议其实不错，也不难执行，但说实话，我更希望你能自己来完成。人是群居生物，社交、沟通这些基本因素，不应该成为我们害怕的事。

"如果说，今天我听取了你的提议，也安排了人来协助你。这样做，你确实省去了沟通这一环节，但细想想，其实对你来说，这不见得是件好事儿。你得明白，你不可能一直在这个公司工作，我也不可能永远是你的领导，没有人会因为你的遭遇，永远迁就你，体谅你。

"你知道这意味着什么吗？意味着，只要你不决定克服逃避这个习惯，你往后的人生，类似的事情会反复发生，而每一次，你都会像现在这样，坐在这里重温从前的遭遇，更加害怕的同时，更乐于享受逃避的结果。"

在我说这些话时，秋华一直低头沉思，我不知道她是否当真有所触动，也不清楚她的思想是不是有所转变。

人生长河里，有不少人因为从前的遭遇而乐于躲避，任由人生顺流而下，活得一塌糊涂。但我始终相信，在这人世间，还是有绝大多数的人，选择勇敢直面惨痛过往。只因为，他们太清楚，与顺流而下的人生相比，他们更愿意有一颗敢于逆流而上的心。

008

到了下班时间，办公室里的同事们陆续离开。很快，偌大办公室，只余下我和秋华二人。

"走吧，下班了。"我起身，秋华这才回了神，也跟着站了起来，我们一起走了出去。

与冬日如刀般的寒风完全不同，初秋的晚风温温柔柔，让人愿意原谅任何人，让人有勇气面对任何事。

我与秋华在十字路口分开，她去排队等公交车，我则还要再走一段路才能到地铁站。她站在人群中，冲我挥挥手，明媚一笑。

一个人走在路上，难免想起从前，在人生的某个阶段，我似乎与秋华无异，也一度非常擅长逃避。但到底不可能事事都可逃避，于是，也只能让自己硬着头皮迎难而上。

最后，当一切尘埃落定时，我才意识到，此前的那些年，我因为逃避，错失了太多机会与可能。或许，逃避原本是人们众多本能中的一种，而学会直面，不再逃避，则是我们每个人在人生里终须习得的一门功课。

　　手机振动了一下，解锁开屏，我看到了秋华发来的信息，黑漆漆的晚上，也不觉得屏幕白光过于刺眼，我点击打开信息。

　　"我决定了，不再逃避，选择勇敢直面。不管成功与否，我想试试看。"

　　文字简短，但有力量。是了，这是我印象中的秋华。

15

世间所遇，皆为风景

当我开始明白，凡事发生必对我有利之后，对于许多事情，我都不会再像从前那样，过于执着，只看眼前所失去的、当下能承受的。我开始让自己学会淡然接受，相信一切发生之事最终的结果导向都是一致的：助我成长。

001

四年前冬天的某个夜晚，我忽然接到了三儿的一通电话。

按下接听键，三儿未讲原因，只说了一句话："把你家地址的定位发到我微信上，今晚我可能要在你家借宿。"

那会儿我住在东五环，与两人合租一套三室一厅的房子。三儿在西三环，刚刚订了婚，跟男友住在一起。我们俩虽都在北京，但少有机会见面，平常都是在网上交流。

我与三儿是多年的好友，她深夜打电话给我，不给理由，我也不须多问，事出必然有因的道理，我懂。

挂了电话，我先是拿毛巾将木质地板擦了两遍，接着又从衣柜里取出一床被褥，铺到了地上。取出床单铺好，才发现自己没有多余的棉被，但还好，我有张新买的羊绒毯子。

没过多久，三儿便到了，红着眼圈，刚哭过的样子，应是受了什么委屈。脱了鞋，人就走了进来。

那晚有雪，大风起，一记一记擂在窗上，似是心里埋了不少心事要讲。我给三儿倒了杯热水，递给她。她接过去，喝了一口，放在一旁。

"你睡床，我睡地上。都是刚换的四件套。"说着，我也跟着坐在地上，但三儿不肯，执意要自己睡在地上，我拗不过，只能按照她的要求来。

关了灯，月光寂寂，能看见三儿背对着我。

月光不明，像是给一切都蒙上了一层灰。恍惚间，仿佛回到了我刚到北京的那一年。

刚来北京那会儿，我身上没什么钱，才解决了工作，住哪儿尚是个大难题。三儿得知这一消息后，让我住进了她家。

我们俩人，把床上厚重的床垫拆了下来，放到地上，当成榻榻米。她睡床垫，我睡在拆了床垫的床上，每晚我们都会聊上很久。

三儿有心事，睡不着，接连叹气几声后，我没忍住，半坐起来，问她："你真不打算告诉我，发生了什么事儿？"

她这才将自己的遭遇全盘托出。

002

三儿是在夏天订的婚，到了冬天时，两人开始为结婚做准备。

因为每天都要一起忙着置办家具，确定各种婚礼细节，于是，在男友的建议下，三儿退掉了租住的房子，搬进男友家。

三儿的男友我见过，个子高，身材好，从事 IT 行业，人很逗趣，说话幽默，总是能抛出一些新奇的梗来，当时我想，三儿往后的日子应不至于太寂寞。

问题出在哪儿呢？

婚前检查。两人结果出来时，医生看了各项结果报告，推断三儿身体某个机能存在问题，将来可能难以生育，建议三儿去医院，找专科医生重做检查。

喜帖已经备好了，只待送到亲朋手上，三儿却出了这一问题。三儿心里难过，男友也心事重重，对她更比以往淡漠了不少。

那天晚上，两人从家具店回家，走到楼下时，三儿说："我托人在医院挂了号，明天去做检查。"

男友走得比三儿快，愣了一下，没有回头，说："我最近一直在想咱俩这事儿，有点儿不能接受可能无法生育这一点……所以，要不还是算了。"

三儿也愣住了，站在原地看着男友，好一会儿，回他："好啊，我也不想耽误你。那就算了，分了吧。"

男友回头，看着三儿："今晚你住客房，明天我先回我爸妈家，你收拾完告诉我就行。"

三儿从前觉得这人体贴，如今只觉得他薄情。他竟没想着藏着掖着，等她先说出这句"算了"。三儿淡淡看他一眼："不用了，我今晚去朋友家住，明儿你上班的时候，我来收拾东西，钥匙就给你放家里。"

男友倒也没劝，转身进了门洞，声控灯循声亮起，忽而就灭了。三儿站在那里，没忍住，哭了一场，然后抹去脸上的泪，给我打了电话。

003

听完这些，我一时不知如何安慰三儿，只说："你要是难受，就再哭一会儿。"

三儿翻了个身："难受，但心里头想的更多的是，不值得。你想啊，他家三代单传，我真要是查出来不能生育，我能赖着他？"三儿又叹了一声气，说道："算了，睡吧。"

于是，我们没再交流，睡了过去。

第二天一早，我醒来时，三儿已经不在了。被褥被卷好，搁置在凳子上，羊绒毯子叠成豆腐块儿，放在床尾，干干净净，如果不是桌子上三儿留下的那张纸条，就好像她从没来过一样。

"醒得早，看你正睡得香，于是也就没告诉你。咱们这么多年朋友，谢谢就不说了，但是你鼾声真大。"如此遭遇，倒还在开玩笑逗我高兴，我不觉得好笑，反而担心她。

三儿那天一个人去医院做了检查，要隔数日才能出结果。出了医院，去男友家收拾了东西，直接找了一家酒店住了进去。

再就是去了就职多年的公司，直奔领导办公室，递上一纸辞职报告，领导看了一眼，刚要开口，三儿已经拉开门，走远了。

三儿在北京十年，失恋过一回，单身三年，遇到了这个男友，原以为尘埃落定，谁知出此一事。三儿有些心灰意冷。

她人生的不少好时光是在北京，但也有很多坏时光，一样是在北京。十年倏忽，从前心里对北京的那份热情，竟然尽散了。

别人在忙着过春节时，三儿接受了一家新加坡广告公司的 offer，这家公司此前就对三儿发出了多次邀请。一张机票，三儿就此结束了自己的北漂生活。

临登机前，三儿接到了医院电话，她告诉医生，她人在机场无法去取，拜托医生将检查报告扫描发送到她的邮箱中。

不一会儿，三儿的朋友圈里更新了一条动态，配文是"有惊无险"。

我点开了那张图，上面最后的结论是：身体各项指标正常，可正常备孕。

果然，"有惊无险"是最令人安慰的四个字。

004

那几年，三儿在新加坡工作得如鱼得水，头一年就买了一台新车，一改往日节俭的风格。

朋友圈内不少朋友评论："变化实在太大，老实交代，你是不是受什么刺激了。"

三儿一律不理会，继续享受人生。

而我呢，仍留在北京，照常工作。那段时间公司启动了新项目，老板将我也一并安排了进去，出差数次，每回结束差旅回到北京时，都觉得疲累。

有次出差回到公司后，见办公室内不少同事都不在了，问了人事部同事，才得到消息：图书业务关停，同事先后离职，而我，则被转到了影视业务下。

其实，这个结果早有预兆。某次出差，和老板一起乘车，老板突然问我："如果我把你调到影视，你接受吗？"

我愣了一下，回道："涨工资吗？"然后，我们二人笑了笑，都没再说话。

其实我们心里有答案，与影视行业相比，我喜欢图书多一些。

我把这事儿告诉了三儿，最后问她："你说我要不要辞职算了？"

不久，三儿就回复了我："你傻啊，图书行业不景气好几年了，现在影视行业这么好，多少人吃尽红利。你倒好，机会来了，不想着去抓住，反而先想着要跑。我的建议是，不妨一试，到时候再做决定也不晚。"

所谓真朋友，永远敢于打你脸，关键时候犯迷糊，她在一旁，看得门清儿，告诉你怎么做才算拎得清。

的确，那几年，图书行业不景气，不少公司都在艰难环境下求生存，从这一行业离职的人，有不少以图书工作经验为跳板，入了影视行业。

同时，真要说起来，我此前有好几次都想辞职，去别的行业试试。在公司五年，生活一成不变，偶尔会想要做出改变，看看人生走向是否会有所不同。

而三儿的建议也确实在理，我决定去试试看。

005

转入影视公司后，开会是日常，出差是附赠品，坐在办公室吹空调成了一件奢侈的事。

在片场，人员众多，可供休息的地方几乎没有。于是，为了尽快修改完方案，席地而坐是再平常不过的事儿，无论人声多嘈杂，我都能保持绝对的专注力，就是可怜了我的衣服，没个干干净净的时候。

住在酒店里，衣服基本上都是自己手洗，拧干挂在洗手间内。因为阳光没法儿照进去，所以常常身上的脏了，之前洗的衣服还没有干透，没办法，只能穿湿的。碰上南方的回南天，身上就跟着出了不少湿疹，奇痒无比。

最奇妙的就是，大家因为一个项目被聚在一起，之前彼此并无交集，但那时却为了同一个目标而努力。在这样的环境下，我变得与什么人都能聊得来，不再像从前那样难以融入新环境，不再和往常一样跟人熟络起来需要很长一段时间。

大家都忙，没有人会被特殊照顾，你能做的，就只有逼自己快速成长，不断刷新自己的技能、调整自己的习惯，让项目在自己负责的环节里不会出现问题。

工作起来倒还好，可一旦休息时，总会觉得整个人疲惫不堪。离职的念头不断在心里升起，又不断被自己亲手按下。

006

在影视公司就职一年多后，我还是提出了离职。

原因较多，但概括起来也只两点。第一，此前被许诺的事情未能兑现，略感失望；第二，虽说工作忙碌，能力有所提升，但回头一看，总觉得自己的存在好像并不重要，随便谁都可完成，兴许换一个人，还能比我做得更好。

要知道，一直以来，我人生里所有的安全感，都是通过自己创造的价值获得的。这些价值可以分为两份，一份给了我就职的公司——公司发放薪水给我，理应得到回报；一份给了我自己，以证明自己能力尚可，更为日后的工作添柴加火，同时也保证了自己不断精进的动力。

可如今，我自觉不再具有任何价值，所以，也不愿在影视行业继续消耗下去。

离职后，我基本上未做休息，就入职了一家图书公司，重回了朝九晚五的日子。每逢公司有新产品进入市场，新书拿在手中，总会让我觉得异常满足。

收入虽然因此而降低，可人生却足够充沛。

前年，三儿休假时，回了北京一趟。

这几年，三儿攒了一些钱。在外十余年，最大的感受就是，不能一直漂着，总归得安家——当有朝一日，结束了漂泊，尚可安心享受人生。

她看上了一套房子，那会儿房价跌了不少，价格合适，所以就趁着假期回来，看过房之后，便签了合同。

我们两人见了一面，回国前她就说："好多年没吃你做的饭菜了，可算有机会了。"所以，她要来我住处那天，我起了个早，去超市采购了一些食材，她出发来我家时，饭菜就基本都准备完毕了。

007

数年未见，三儿变化不大，但又有不少变化。她从前经常加班，脸色总是蜡黄，现如今，脸色红润，整个人精神焕发，新剪了头发，显得人年轻了好几岁。

吃饭时，难免会聊到彼此这几年的经历与感受，也无可避免，说回到从前。

三儿放下筷子，喝了一口水，看着我："老实说，我远没有自己表现出来的那么坚强。就算再彪悍，一样会心碎，刚到新加坡那会儿，有半年时间，我总是唉声叹气，觉得老天对我不公平。"

这点不假，是人都会因为所承受的事而责怪他人，甚至怪罪老天对自己不公平。

"那你是怎么想明白的？"说完，我又夹起一块排骨送入口中。

今日发挥不错，火候适中，肉骨分离。

三儿见我没有停止吃饭的意思，也拿起筷子伸向盘中，低头没看我，说："后来有一天，同事一起到海边去玩，喝了特别多的酒，晚上我趴在马桶上吐的时候，突然意识到一个问题，其实我真有自以为的那么爱他，真没办法放下吗？我就是在那个时候才发现，其实我之所以心里头总觉得遗憾，并不是因为那个人，也不是因为那段感情，而是因为，当时我们俩马上就要结婚这件事。"

那晚，三儿趴在马桶上，吐得一塌糊涂，然后就变得异常清醒。她披了件薄外套，一个人去了海边。

海风吹来，空气湿润，三儿就坐在沙滩上，头发在风中翻飞，云层被风吹开，星星露了出来。

这些景象是北京没有的，她在北京的那几年，忙着工作，忙着加班，忙着晋升，偶尔停脚，发现身边人都已成家立业，自己还孤身一人，于是她的人生里又多了一件事儿：忙着把自己嫁出去。

然后，就遇到了当时的男友，两人订婚时，三儿放弃了不少，比如读 MBA。三儿做好了婚后当全职太太的打算，也说服自己放弃了一直以来的出国工作的梦想。

但是那晚，她在海边坐了数个小时之后，忽然想明白了很多事，与前男友相遇或许是人生原本就应发生的剧情，而只有经历了那些，她才能有勇气，去做之前想了无数次却没勇气去执行的事。

三儿看着我，笑了一下："这几年，我学会了很多，其中最大的收获，就是人生里不管遇到什么事儿，结果永远只有两种，要么好，要么坏。但人都一样，总想要好结果，这不奇怪。每当迎来坏消息时，人们总会被眼前的局面影响，甚至不知道，有些事情的发生，对我们来说，恰恰是利好的开始。"

而我，何尝不是一样？

如果没有去影视公司工作一年，可能我还会对其他行业抱有幻想，也会继续怀疑自己的选择与坚持是否是错的。但真要让我去改变，我又始终欠缺些勇气，生怕人生走错一步，再无机会重来。

但当真正经历后才明白，心中所热爱的，以往所坚持的，从来都没有出错，此后更要从心而行过一生。

可能往后余生，无常总会发生。因为凡事皆是如此，没有全喜，也没有全悲。而当我开始明白，凡事发生必对我有利之后，对于许多事情，我都不会再像从前那样，过于执着，只看眼前所失去的、当下能承受的。我开始让自己学会淡然接受，相信一切发生之事最终的结果导向都是一致的：助我成长。

成长必须经历阵痛，这一点无可避免。

这么想时，我忽然笑了起来，三儿不知所以然，看着我："你笑什么？"

我回她："今天这排骨太好吃了。"

$\vdots$

手心朝上的那几年

$\vdots$

那几年的人生简直是大梦一
场，如果不醒来，日子倒也能过
下去。但总不能一直自欺欺人
下去。

001

宽姐最常讲的一句话是："放宽心。"

同事贴错发票，被告知后自责不已，她不嫌麻烦地又重复了一遍贴票流程后，跟那个新来的男生说："又不是大错，放宽心。"

宽姐带的小姑娘核账不仔细，算了几次，数目始终不对，个把小时过去了，宽姐见她快要把计算器戳破了，带着她理了一遍，总算没问题了。小姑娘说："宽姐，你也太能干了，显得我更笨了。"

宽姐理着一堆票据，头也不抬地说："这不是笨，是没经验，以后会好的。"最后收尾的，还是那句口头禅——"放宽心"。

有人抱着桶装水往饮水机上替换，因体力不好没安装得严丝合缝，水桶歪了歪，直直砸在地上，饮水机倒地当场"阵亡"，吓得那人在办公室大声尖叫。宽姐走过去，把饮水机扶起来，检查了一番后，安抚对方："没砸着人就好，凡能花钱解决的问题，都是小事儿。"

那人说："要不，损失从我下个月的工资里扣吧。"

宽姐却白了他一眼，拿着拖把拖地，幽幽地说了一句："咱们公司不差钱。"那人感动不已。

宽姐名叫陆宽心，是个瘦高的姑娘，肤白貌美，给人的第一印象：不好相处。这不奇怪，人们总对美女有刻板印象，总觉她们要比常人高冷几分。但是宽姐不一样，她对人出奇的温柔，因为比公司里其他人都要年长几岁，所以得了"宽姐"这样一个称呼。

起初，宽姐不太能接受，听别人这么叫她时，虽是乐呵呵地应着，嘴里却嘟囔着："也没比你们大几岁吧？总觉着把我叫老了。"

有人打趣："放宽心啦宽姐，你年轻着呢。"

她笑笑，给同事分发自己在日本旅行带回来的伴手礼。

002

二十出头的陆宽心，大学毕业后，就和自己的男朋友同居了。

男友家里条件不错，毕业后即刻开启了养老模式，顺带，也解决了自己的生活问题。

两个年轻人，不找工作，依靠男方父母给的生活费过日子。起初，倒也觉得没什么。酒吧的酒总是出新花样，商场的专柜里也常上新。

与他们一起毕业的同学，为省房租住到六环外，每天通勤两小时；他们俩，在家里睡到日上三竿。

日子，就这么混混沌沌地过去了，倒也没有觉得有什么不妥帖。放眼往外面看去，世界没有因为两个不工作的年轻人就停止运转，而别人跟自己说得更多的也是羡慕二字。于是，自己也就轻飘飘上了天，不费吹灰之力。

看别人在朋友圈说生活难，在北京压力大时，二十几岁的陆宽心说了两个字儿，"矫情"。然后把手机丢到沙发上，喝了一口出自法国的红酒。

那个年纪的陆宽心，只觉得产自法国酒庄的红酒分外好喝，却丝毫未考虑过一件事：她这好日子，是平白得来的。虽然一切无忧，可活得不自在。

003

陆宽心的第一次自我觉醒，是在与男友恋爱三周年的时候。

一个人对一个日子记得门儿清，只一个原因：特殊的日子特殊的事儿。

那天，男友起了个大早，去三里屯的一家鞋店，取之前预定的一双运动鞋。而她呢，在家里忙着准备午餐。她那时年轻，又未入世，身上残存的天真堪比少女，幻想着男友回来时给自己精心准备的礼物。

做完西红柿牛腩之后，她回房间取手机，却意外看到了男友电脑屏幕上跳动的 QQ 头像，也不知道怎么回事，她顺手就点开了。是个女生。她又没忍住翻看了两人的聊天记录，陆宽心的手颤抖不已。

回到厨房，她做了一件事，把那瓶准备中午喝的红酒一饮而尽，抖着手握着菜刀切春笋，刀刀利落，像是在宣泄。

男友回来时，她已经做好了四菜一汤。喝汤时，陆宽心抬起头。看着男友，她忽然笑了一下。男友不知所以，问她："笑什么？"

"你打算骗我到什么时候？为什么跟我谈恋爱，还撩别的女生？"陆宽心眼底强忍着的是泪，说出口的便带了丝质问的味道。

男友却轻飘飘说了一句："我跟她们都是玩玩而已，你知道，我将来是要和你结婚的。"

陆宽心搅动着那碗汤，将眼神挪到了窗外。

人间四月，北京的柳絮随风翻飞，不伤人，但会引发过敏。旁人看来，过敏者不过是打了个喷嚏，没人觉得过敏是病。

<h2 style="text-align:center">004</h2>

经过那次意外，陆宽心的男友倒也收敛了许多，主动与 QQ 上那人断了联系。从肉眼上来看，两人关系比从前更好了，但在看不见的地方，内心的那条裂缝，无法填补。可，年轻时候的爱情，道德有时候找不到恰当的位置。

多年后，在那句"当然是选择原谅他"横扫微博热搜榜时，陆宽心笑不出来，因为那就是她自己。

后来，陆宽心再回想起来，才发觉，那几年的人生简直是大梦一场，如果不醒来，日子倒也能过下去。但总不能一直自欺欺人下去。

跟男友同居的那几年，用陆宽心自己的话说是，"跟他在一起的那些年，我最擅长做一件事，那就是手心朝上。永远等着他施舍给我爱，给我钱。而我，就像是他豢养的一只金丝雀。万事不缺时，甚至嘲笑窗外翩然起舞的蝴蝶，可我，又有什么资本可嘲笑别人？"

陆宽心终于有所改变，她决定开始找工作。简历投了几轮，都石沉大海，意志消沉之时，意外接到了一个旅游网站的电话。

陆宽心口条不错、逻辑清晰、情商不低，虽无工作经验，但也被顺利录取了。她将这一消息分享给男友时，男友正玩儿着新买的Switch，头也不抬地应了一声。

陆宽心倒也没在意，去厨房给自己榨了一杯果汁，端着喝果汁的时候，突然意识到一个问题，她深爱的人，没有一点儿上进心，甚至，懒得为她高兴。

这是她的第二次自我觉醒。

005

陆宽心的职场生涯不容易。

虽然面试时，她展示了完美的逻辑与口才，但口才无法说服打印机自动复印和自动传真，这得手动。陆宽心不会用打印机。她自己后来再想起来这件事时，都想笑。

那时，恰好有一个同事路过，陆宽心跟她关系还不错，一把拉住她说："我要回个工作微信，你能帮我复印一下吗？"

同事答应了，陆宽心假装在发微信，眼睛却瞟过去，看着同事按了哪几个键，如何操作。同事复印完了，她也学会了。陆宽心大大方方说了声谢谢，却把自己不会使用打印机的事情埋在了心里，锁死了。

刚入职场时，搜索引擎网站是陆宽心最好的朋友，任何不懂的，只需要输入进去，就能得到答案，虽有抄作业的嫌疑，但她做得也算出色。

要说遗憾，是有的。她回家与男友分享职场趣事时，男友竟都表现得兴致缺缺，根本不愿参与进来。而两人的生活也开始有所不同，问题也逐渐随之而来。

有天，陆宽心加班到深夜才回家，到家之后，就见男友躺在沙发上睡觉。男友听到动静醒来，抬了抬眼，冲她说："快去给我做饭，我快饿死了。"

她刚忙完落地活动，自己也滴水未进，原本就疲惫不堪，又眼见男友如此，回道："所以，我上了一天班，加班到这么晚才回家，还要忙着伺候你，是吗？你到底是在忙什么？我上十几个小时的班，你就不能自己做顿饭？"

男友愣了一下，大概是未曾预料到，平日里从不忤逆他、事事以他为重的女友，竟也有爆发的一天，随口说道："你那破工资才三千多，你还干得这么起劲？要我说你就是有病。"

那是陆宽心的第三次自我觉醒。

她开始披荆斩棘了，而男友，却依附于父母生存。很突然地，她倦了。陆宽心拿起放在沙发上的包，说："我们分手吧。"

男友没有挽留，而她第一次，没有妥协。

陆宽心无处可去。

在爱着男友的这几年，她甚至因为男友的一句话，与身边所有的朋友都断了联系，她的朋友，都是她男友的朋友。男友活得像个精品，而她，不过是个赠品。她早丢失了自我了。

陆宽心买了两罐啤酒，坐在台阶上一饮而尽，痛痛快快地哭了一场，哭完又笑了起来。有人路过时，不解地看着身着工作服的陆宽心，她捋捋头发，拦了一辆车，回父母家去了。

"后来呢？"我问宽姐。

她笑了笑："他试图联系过我，但我已经不是从前的我了。"

宽姐跟我讲这段过往的时候，我们坐在一家日料店里，服务员端着刺身拼盘来了。她用筷子夹了一坨芥末，左手拿起白瓷瓶的酱油，倒入盘中，轻轻搅拌，这一系列动作完成之后，她夹起一片三文鱼，蘸了下酱汁，送入口中。

"有机会，写写我的故事吧。"宽姐端起一杯清酒，小抿了一口。

我笑她："关于什么？"

她瞟我一眼，有些傲娇地回道："一个女性的自我觉醒。"接着，又补充一句，"你放宽心，随便写，我不计较。"

我看着她。

雕花木窗外，又是柳絮翻飞的四月天。早些年因此而过敏的人，仿佛因为几次自我觉醒，竟也自愈了。

17

抱怨如同黄梅雨

谁的智慧都不是凭空得来
的，有些时候，为了长智慧，势
必要吃点儿苦头。

001

公司新来了两位员工。

都是年纪相仿的小姑娘，有一样的兴趣和爱好，又在同一个部门。平日工作也是相互辅助，很自然，没多久，两人就成了朋友。

不少职场人，曾得出过这样一个结论：职场无朋友。而在她们二人身上，这一点被彻底击溃，证明了坊间传言并不完全成立，甚至不堪一击。

除却年纪相仿，兴趣爱好一致之外，在其他方面，两人完全不同。

秋梦性格外向，说话的语速比常人要快一些，做起事情来风风火火，执行能力尤其强，很多人都觉得她不像是实习生，在她身上，完全找不到实习生最为常见的青涩。缺点她倒也有，心直口快，但总归，能力盖过了缺点。

春风性格内向，平日里话不是很多，做起事情来，进度要稍逊于秋梦，与秋梦相比，春风做事更为稳妥，考虑事情也相对比较全面，基本上领导交给她的事情，无须太过操心，她都能完成得很好。

有同事跟她们领导陈姐开玩笑："真不容易啊，这年头大海捞针，都能找到两个能力这么强的新人，看来今年部门KPI绝对能达标。"

陈姐只笑笑，不说话，转身回到自己办公室处理工作。

实习生日子不好过，租住的房子离单位远，图的是便宜，午餐也都靠自己带便当解决。春风与秋梦，最常在休息室里加热自己做的饭，两人一起共享，倒也没觉得日子过得多艰辛。与多数北漂的人一样，心中有数，熬过去，就是好时光。

0 0 2

是人都爱抱怨，这一点，在秋梦身上尤甚。

秋梦租住的房子在通州，而单位在海淀，每天通勤都要消耗特别长的时间。月初发工资时，秋梦因为迟到，薪水被扣掉了一部分，原本薪水就低，自己住得又远，心里难免委屈，当即就和春风抱怨："怎么公司一点儿人情味都没有？还真扣工资！再说了，我工作也都完成了啊。"声音不大不小，被少数人听到了，谁也没说什么。

这倒是让拿着购物卡，打算给春风和秋梦的陈姐有些不舒服。原准备了一些话要私下里跟她们二人说，最后，陈姐只是将那张面值 500 元的购物卡，放在了她们的桌子上，转身走了。

没过一会儿，在三人的工作讨论群组里，陈姐发了一段话："知道你们实习生不容易，这是我跟公司申请下来的补助。"末了，又补了一句，"加油啊，我看好你们两个。"

两人拿着购物卡，面面相觑，秋梦吐了一下舌头："也是尴尬，刚刚那句话就那么被陈姐听到了。"

春风安抚她："以后这样的话还是少说。抱怨不是好事儿。"

秋梦毫不在意，心不在焉回了一句："知道啦。"

　　遇到问题时，有人先反思自身问题，确保以后不再犯同样的错误。但有人不以为然，甚至不觉这是错误。

003

　　陈姐所处的是营销部，那会儿公司一个影视项目正要上线，她忙得不可开交，连带着部门里的其他同事也都跟着加班。

　　影视行业，加班是常有的事。但陈姐是个好领导，通知加班后，做的第一件事就是为整个部门的同事全都订了餐。再晚一点，又请了一顿小龙虾。众人剥着虾，饮着啤酒，嘻嘻哈哈地聊着天，倒也不觉得辛苦。

　　陈姐夹了一个蛏子，将肉从壳中取出，送入嘴。松软肉质在葱姜蒜的爆炒下，味道奇香无比。陈姐叮嘱同事们："今天太晚了，待会儿你们回去别坐地铁了，都打车吧。记得要发票，到时候我给你们统一报销。"

　　大家高喊："感谢陈姐！"

　　而秋梦呢，吃饱喝足后，回到自己的工位上整理明天的易拉宝喷绘文件。好巧不巧，秋梦的电脑出故障了，十几个做好的文件，全都崩了。秋梦坐在电脑前，大叫了一声，惹得同事都回头看。

　　陈姐看她情绪不对，走上前去问她："什么情况？"紧跟着在后面的，是春风。

　　两人在了解情况之后，陈姐安慰她说："做设计一定要记得保留备份。事情已经发生了也没办法，赶快重新做一份吧。"

那十几个易拉宝，秋梦做了很长时间，突然因为电脑故障而消失不见，崩溃也属正常。但她身心俱疲，只想着回去大睡一觉。

一旁的春风，拽了她的袖子一下，说："我陪你一起做。"

其他同事陆续离开时，只剩下秋梦和春风在办公室里继续加班，而陈姐，在自己的办公室里，亮着一盏灯，同客户打电话沟通工作。

处理完一切时，天已经蒙蒙亮了，七月的北京天亮得格外早。窗外海棠树上栖着一窝麻雀，叽叽喳喳叫着。

陈姐收到文件后，从办公室里走出，精神抖擞地跟她们说："今天你们俩在家好好休息，人事那边我来沟通。"

春风问："陈姐，你不回去休息吗？"

"不了，我等下还有个营销会要开。"她手中端着洗漱用品，朝洗手间走去。

秋梦看着陈姐纤瘦的背影，嘟囔了一句："这个女人的精力怎么永远这么旺盛？"

004

两人就如此过了试用期，正式入职。

春风与秋梦的薪水与其他同时期进来的员工相比，算是拔尖儿的。别人问陈姐："为什么要给她们俩那么高的工资？"

陈姐端着咖啡，饮了一口："孩子们踏实努力，当然要给她们争取多一些。如果家里不缺钱，谁愿意背井离乡？"

那人不再说话，他当然多少在办公室里听过一些关于陈姐的故事：出身不好，年少离家，自己一人在大城市里打拼，有任何委屈从不抱怨，拼到最后，倒也在北京有了一席之地。兴许，陈姐在秋梦与春风身上看到了年轻的自己，想帮衬一把，也算正常，最关键的，是这两人自己也争气。

春风做事稳妥，秋梦执行力强，陈姐部门有这二人助力，着实成绩要优于从前。

陈姐当然对她们二人都十分放心，不少项目都交由二人来负责，虽说秋梦没做多久设计，但胜在有创意，敢于创新，做的一些海报在业内也受到了好评。而春风，也并不逊色，善写文案，又懂设计。两人联合起来，扛起了部门的小半工作量。

在公司待了小半年，陈姐与其他人，也算是看足了这两个人的成长。

春风不善邀功，踏实勤奋，虽然日常总是默默不言，但身边一众同事对她都是好评如潮。有人感慨："少见如此沉稳的女孩儿，将来一定不可限量。"

秋梦嘛，虽说能力出众，但遇事总是抱怨在前，事情也做了，却没落到好。甚至，有几次她与同事发生小摩擦，闹得不愉快。半年下来，公司里的人，被她得罪了不少。她毫不在意，而别人却耿耿于怀，甚至一度觉得她有些过分。

005

春风晋升为部门副主管时，身旁一群人祝贺，称她受之无愧。

春风一一谢过大家，谦逊地说："其实我觉得自己跟其他同事相比，还有很多不足，还是得感谢领导信任。"说完，跟大家鞠了个躬，"以后还请大家帮助，一起成长。"

秋梦坐在一旁，将手里的纸巾撕得粉碎，顺手丢到了垃圾桶里，敲字的时候，把键盘砸得噼啪乱响，嘟囔着："这破电脑怎么天天出故障！也不说给换一台！"说罢，起身朝外面走去了。

秋梦站在公司的露台上，看着那棵海棠树，心里不舒服。明明自己的能力在春风之上，凭什么她升职了，自己还只是个小员工？同在一个起跑线，只过了小半年，处处看似不如她的人竟然压了她一头，她当然心里不爽。

下午上班的时候，秋梦越想越气，在微信群里跟人抱怨，手指不受控制地打了不少话，其中一句是这样的："我就想不明白了？你说我们领导是眼瞎了吗？明明我的能力比她强，却偏偏升了她的职？怪不得她嫁不出去！我看她根本就是个怪人。"

办公室一片死寂，无人出声。

秋梦发错了群，信息全部发到了公司群里。

春风在外面开会时，留意到这一句，私聊秋梦："你发错群了，赶快撤回。"

　　而陈姐，并没生气，甚至未将此事放在心上。第二天，秋梦面子挂不住，主动辞职，离开了公司。

006

　　半年后。

　　我在公司见到了秋梦。

　　与从前相比，她倒是沉稳了不少，与我打招呼。我跟她说："好久不见啊，还在北京吗？"

　　她笑笑，说："现在在一家广告公司就职。今天到这边来办点儿事情，刚好约了陈姐一起吃午饭。要不，一起吧？"

　　中午，我们坐在此前常去的湘菜馆里，陈姐还记得秋梦最爱吃小鱼小虾，点菜时，跟服务员交代："记得多放辣椒。"

　　陈姐嗓子发炎，我说："嗓子发炎，还要这么重口味？"

　　"秋梦爱吃嘛。"她轻轻一笑，端起桌子上的菊花茶，将我和秋梦二人的水杯添满。

　　秋梦又显得拘谨了几分。她端起茶，喝了一口，开口说道："陈姐，虽然说今天是约您吃饭，但其实我一直欠您一句对不起。"

　　陈姐抬起头，看着秋梦："我根本没有生你的气，其实之前我提醒过你，总抱怨不是好事，只会给自己增加坏运气的成本。"

　　秋梦点点头："也因此长记性了，只是代价惨重，挺遗憾的。现在虽然工作也不错，但总归会记得第一份工作。我现在的领导不如您，铁面无私，冷酷得很。我时不时就会想起您的好来。"

菜上了，热气腾腾。河虾与小鱼中夹杂着嫩韭菜苗，陈姐拿公筷给她夹了一些，送至她盘中，悠悠地说："谁的智慧都不是凭空得来的，有些时候，为了长智慧，势必要吃点儿苦头，不过，好在都过去了，不是吗？"

又是一年三月。

海棠又红粉一片，而当年那个爱抱怨的小姑娘，经此一事后，似乎也真的完成自我成长了。

18

好好说话

开玩笑，越来越成为一些人
口无遮拦的挡箭牌。但实际上，
这些人甚至根本不知道，到底什
么才是真正的玩笑。

001

我身边有这么一个姑娘，她叫陈冬冬。

陈冬冬是易瘦体质，不管吃什么吃多少，永远都不会胖。别人为喝凉水都长肉而烦恼时，她却在深夜里吃着炸鸡。陈冬冬没有什么大愿望，只希望自己能够胖那么一点儿。

其实她也没有瘦得很过分，但在读书的时候就时常被开这样的玩笑：陈冬冬啊，你怎么这么瘦，是不是家里吃不起肉？

陈冬冬当然知道同学只是开玩笑，但心里总会不舒服，虽然从没有表露出来过——我不喜欢你们这样的玩笑。一笑而过之后，在食堂吃饭的时候，她总会刻意多点上一份肉，好像是在昭告天下：我家里并不穷，是吃得起肉的。

工作之后，办公室里说陈冬冬瘦的，更不在少数。其中有这样一个女同事，让陈冬冬尤为头疼。

每一次陈冬冬在朋友圈发了照片，或者穿了新衣服，那个女同事就凑过来，说："陈冬冬，你不会违法乱纪，搞什么违禁品了吧？怎么能这么瘦？"

这确实是句玩笑话，但又的确让人不舒服，并且对陈冬冬造成了一定的影响。

一个人想要认识另外一个人，可能只需要通过自己身边的六个人就能做到。而"好事不出门，坏事传千里"这种话确实是真的，陈冬冬就这么"被违禁品"了。即便工作认真刻苦，优秀员工也与她无缘；同期入司能力不如她的，都晋职了，但她还是个小员工。

有次开完会，领导单独把她留下，直接问她："我听说你长期使用违禁品？"

陈冬冬蒙了，最终把那位造谣的同事告上了法庭。

有人觉得陈冬冬做得过分，但我却觉得，她做得漂亮。

002

我问了身边一些朋友，你们被开过什么过分的玩笑吗？结果姐妹群里的回复让我震惊了。

关关说："之前，我一个朋友给我唱《世上只有妈妈好》。她明知道我妈妈得癌症去世了。为此，我疏远她了很久，觉得这不是真正的朋友。真朋友不应该戳人痛处。"

小林则说："我不是近视吗？过年的时候，没戴眼镜，看电视离得很近。我表妹问我多少度，我说五百多。结果，我姨妈竟然说——你不知道你姐姐是残疾人吗？我当时气不打一处来，直接指着我姨妈的鼻子破口大骂！结果家人都说我不应该那么对长辈，人家只是开个玩笑而已。"

汪清呢，因为发育得比其他女生要早，所以没少遭男同学开玩笑。甚至有人当众对她开不雅玩笑，这一度让汪清厌恶自己的身体。

而欢欢的故事，则是大多数青春期的女生都遇到过的。

十几岁还在读初中的时候，欢欢送了自己同桌一份生日礼物。结果被好事的同学看到了，就在班里大喊，说欢欢是她同桌男生的老婆。好巧不巧，在别人高喊的时候，班主任来了，看到了这一幕。

欢欢被请了家长，班主任当着欢欢的面对她妈妈说："学习不咋样，心思倒挺活络。现在才多大，是谈恋爱的时候吗？"

回家后，欢欢一句解释都来不及说，就被她妈数落了很久，甚至还被打了一顿。再后来，欢欢转学了。

这些事情，在最初，人们都只当是一个玩笑、不觉得过分的事，也从来没有被人们仔细想过，它们能给当事人带来多大的困扰。

003

前段时间看到这么一个新闻。

一个湖南的女生，30 岁了，没有结婚，仍旧和爸妈同住。一天出门的时候，碰到了邻居的一个阿姨，那位阿姨看着她，开玩笑说："你都 30 岁了，怎么还不结婚，打算一直啃老吗？"

该女生听后极为生气，动手打了这个邻居。

一个 30 岁的女性，未婚，自己工作赚钱也能活得不错，即便和父母同住，但也是经济独立，没有什么不妥。但是在一些外人看来，这样的行为就是啃老，是没人要。

其实，面对这些事情，多数人不会说什么，但有些人却会通过开玩笑的方式把自己内心的真实想法说出来。当对方生气的时候，还要解释：我不过是开个玩笑而已，你怎么就当真了？

开玩笑，越来越成为一些人口无遮拦的挡箭牌。但实际上，这些人甚至根本不知道，到底什么才是真正的玩笑。有时候，不合时宜的玩笑等同于恶意伤人，只是那些打着"开玩笑"旗号的人不自知罢了，又或许，他们原本就知道，说出的那句话足够伤害一个人。

玩笑的意思是玩耍嬉戏的言语和行动，前提是无忧无虑、轻松愉快。这里需要注意的是，凡是不能让别人、让自己开心、愉悦的一切行为，都是不对的、不好的。

其中玩笑还有一个必要条件是，对方能够接受你这样的玩笑。如果你的"玩笑"让对方不舒服了，这不仅会让别人对你产生负面印象，也会影响你们的关系。

开玩笑可以，但要适度，并且要熟悉开玩笑的基本规则。

004

但很多人不这么认为，他们往往会这样评价一个人：她这个人啊，开不起玩笑，不好相处。

到底是从什么时候，"开不起玩笑"成了评判一个人的标准？开玩笑和抖机灵其实都差不多，但是要分清对象和场合，如果连这两者都分辨不清楚的话，那最好闭嘴。

因为与开不起玩笑相比，乱开玩笑的人往往更不受欢迎。自以为的幽默，其实不过是讨人嫌罢了。

我在知乎上曾经看到过这样一个回答。

回答问题的人描述了"一个玩笑所带来的伤害"。

"答主"读书的时候，爷爷瘫痪卧床，基本上生活无法自理。因为和爷爷感情很深，所以"答主"每天中午放学回到家里的时候，就会辅助爷爷喝水、吃饭，那天中午放学后，她和往常一样，给爷爷喂了水之后就去学校了。

下午时，她接到了家人的通知：爷爷去世了。当时她怎么都不相信，反复说："可是我中午才给爷爷喂过水！"

这时，站在一旁的姑姑开了一个非常不合时宜的玩笑："肯定你是喂爷爷水，把他呛死了。"

一个稚子，在遭遇亲人离世的时候，未曾得到安慰，反而被这样一句玩笑话伤害到了。

在回答的最后，她说了这样一段话："我现在已经27岁了，但是每次想到爷爷去世这件事，我还是会觉得愧疚，觉得好像爷爷真的是因为我才去世的。"

005

很多人没有意识到一个问题，他们经常会有这样一个错误的认知：我只是跟你开个玩笑而已，你怎么就生气了？

随之，他们会把这些人定义为：你开不起玩笑，你性格不好，你太小气了。甚至会因此远离这些所谓的开不起玩笑的人。

但是他们从来没有想过这样一个道理:不是别人开不起玩笑,而是你的这个玩笑或许是无心之举,但是的确给别人带来了伤害。而且,这个伤害的程度,是我们所不能得知的。

就如那个开玩笑说"你爷爷肯定是你喂水才呛死"的姑姑,她不清楚自己的这句话,让一个孩子一生都活在愧疚之中,为一件根本不存在的事情而自责。

就如陈冬冬的那位同事,原本只是因为嫉妒陈冬冬比自己瘦,就反复说人家是长期使用国家违禁品才那么瘦的。

接受这样的玩笑,意味着,开玩笑的人可以更没有下限,反正对方也不会生气。不接受这样的玩笑,则被人误解为你太小气。

一生很长,没必要图一时之爽,就为了过一个嘴皮子瘾,开过分的玩笑。事后还到处宣扬别人太小气,没情商。

与自己和解

愿意和解，意味着开始学
着重新解读此前所经历的一切遭
遇；开始愿意剖析自我，勇于接
纳自己内心的小孩；开始愿意从
时间长河里，捡拾起曾经丢掉的
亲情，并且开始重塑自我。

001

闪闪的整个童年，是在那个北方小镇度过的。

春时柳叶冒绿芽，爷爷会拿上剪刀，剪下那么一截，先用巧劲儿将木枝拧下来，只留一段管状的树皮，再以刀片轻轻削下一头的树皮，放在唇间，一呼一吸间，就能发出清脆的哨响来。

院子里种着一棵木槿花树，只需春雨两场，粉色木槿就从绿叶间钻了出来，春风一吹，团团簇簇挂在枝头。奶奶往往会在清早起来时，站在木槿花树下，徒手拧下几朵花，轻掸去花瓣上的露水，手一扬，把花丢到筐子里。等在水龙头下把花洗干净，再放到用来做早饭的面汤里，就能让平平无奇的面汤多出一些淡淡的花香味儿。

那年闪闪 9 岁，随着两位老人生活，于她而言，父母是悬挂在墙上的照片，他们常年工作在外，鲜少回来。明明是二位至亲，却远不如一枚柳哨或两朵木槿来得亲切。虽说父母每周都会打电话回来，但跟她的对话永远是"成绩如何""是否过于淘气"，连句"想你"都吝于说出口。于是，从前总守在电话一旁的闪闪，不再守在那儿了。

最怕的永远是开家长会，其他同学的父母均可赶来，唯独闪闪的家长，永远都是奶奶。即便她次次都拿班级第一，但从未得到过父母的夸赞与奖赏。

家长会结束后，旁人牵着父母的手，一路嬉笑对话，闪闪却心情郁郁。学校门口那几棵广玉兰又长高了一些，她依稀记得，妈妈也曾站在树下等过她。

但好像已经十分久远了。

她确实有一个完整的家庭，但从未体会过一个完整家庭的相处模式。

002

初中二年级那年暑假，两个常年在外的人，突然回到小镇上来了。

多年未曾生活于此，乡音已经全无，与邻里说起话来也都客客气气，没有丁点儿热络。

周虹倒是给女儿朱闪闪添置了几套衣裳，但几乎没有一件能穿，套到闪闪身上时，整整短了半截。周虹眼神复杂地看着闪闪，摸了摸她略微有些发黄的头发，感慨了句："都长这么大了。"

朱闪闪心想，要是再晚回来几年，还会更大一些。但她到底没说出口，只是默默把衣服脱掉，朝自己房间走去。

周虹问她："你干吗去？"

"写作业。"闪闪头都不回，甚至觉得自己应该再冷漠一些才对，像他们对自己冷漠那样对待他们，将冷漠尽数奉还。

晚上，闪闪躺在床上，翻看着杂志，酝酿睡意，却听到父母二人的争吵声。隐约听见妈妈说了一句："我早说过了，我不会带她走的，就让她跟着你爸妈不挺好的吗？"

　　朱闪闪再听不下去，顺手从桌子上抄起两根棉签，拔了上面的棉花，揉成一团，塞到耳朵里，闭上了眼。从前倒头就能会周公，今天不行了，闪闪心里乱糟糟的，她把耳朵里的棉花揪了出来，揉到一起。

　　稍微用力一些，棉花球以一个优美的弧线落入垃圾桶内。她倒有些可怜那团棉花了，它们与自己身世相当，像个皮球，被人踢来踢去。

　　闪闪迷迷糊糊睡着了，断断续续全是梦，不连贯，但都是催泪药，醒来时发现枕头上湿了一片。

　　朱闪闪穿衣走到院子里，院子安安静静，那两人不知去哪儿了。她拿着看完的书，打算还回书店，再重新租上几本。

003

　　朱闪闪是在那个下午，得知父母离婚了。

　　回到家里时，两个大人才刚归置好的行李，又被收回到拉杆箱中。见她回来了，周虹冲她招招手，说："我跟你爸离婚了，以后你就跟你爸了，妈会抽空回来看你的。"

　　轻飘飘两句话就交代了一件大事。闪闪点点头，表示清楚，同时也终于弄明白了昨晚的那句"我不会带她走的"指的是什么。原来，母亲一早就将自己从她的人生里排除掉了，甚至，自己可能还不如她手中拎着的箱子重要。

十几岁的朱闪闪，望着脚踩高跟鞋离去的周虹，在心里不断地跟自己说："从此以后，凡事只能靠你自己了。"

也是在那个下午，朱闪闪在心底起了个誓：一定要当个争气的人，一定不能成为父母这样的人，对他们两人，也要永不宽恕。

时间倏忽而过。

朱闪闪大学毕业后，留在了北京，就职单位不错，自己又足够努力，日子过得倒也还说得过去。

后来，又过了两年，跟男友结婚了。

朱闪闪临结婚前，我问她："真不打算邀请自己父母来婚礼？"

她只看我一眼，眼神复杂，回我："反正他们错过我人生的大事小事足够多了，也不差这一件。"

没错，这是我认识的那个朱闪闪。十多年来，在对待某些事情的态度上，她始终未变，答案永远只有一个。

我的好友朱闪闪，在人群里，是公认最敢爱敢恨的那一个。别人常说她又美又飒，可我却从不觉得，因为我深知，即便过了这么多年，她依旧没能从原生家庭带给她的阴影中走出来。

她甚至未曾察觉，某些时候，她像极了自己的父母，将自己的内在小孩封闭起来，从未和她有过任何联结。

她也从没意识到，这些年来，自己有多坚强，就有多残忍；有多残忍，就有多脆弱。

在我身边的一众好友里，朱闪闪最是与众不同。

大学毕业后，别人相约毕业旅行，她却提前找好了工作，直接入职，开始了职场生涯。不少人读书多年，巴不得毕业后能多享受一段时间，朱闪闪又唱反调，她是同学里、身边好友中最先结婚的那一个。

就连生孩子也是一样。

她坐月子期间，我得空去她家看望她，去之前，我问："给你带点儿什么好？"

朱闪闪想都没想，回我："肯定是尿不湿啊。"

于是我拎着好几提尿不湿，去了她家。儿子长相随她，浓眉大眼，个子也不小，刚刚吃完奶，睡得正酣。朱闪闪倒也不矫情，没什么顾忌，躺在床上跟着视频教学做一些基础的产后恢复训练。

"感觉你才刚结婚，怎么突然就生了。"我嘟囔一句。

朱闪闪抬起的腿，停顿了一下，然后她停止训练，坐了起来。她自嘲地笑了一下："我也有这样的感觉，其实坦白了跟你说，结婚组建家庭也好，生孩子也罢，好像都是为了一件事，证明自己能过得比他们俩好。"

"人生又不是打比赛，何必呢？"我看着朱闪闪，她此时有些失神地望向窗外。她家的小区里种着一些广玉兰，正值花季，碗口大小的玉兰花坠在枝梢上，随风轻轻晃动起来，一片白色花瓣脱落，缓缓跌落到地上。

"老提这些干吗？"朱闪闪走到咖啡机前，接了一杯咖啡递给我。

我从她手中接过咖啡，她直勾勾盯着我，说："喝啊。"

说不诧异是假的，我低头抿了一口，她笑嘻嘻地说："这就对了，我现在喝不了咖啡，就当你替我喝了。怎么样，朱闪闪牌黑咖啡。"

"不错，"我将咖啡放在桌子上，问她，"接下来什么打算？休完产假后还做拼命三娘吗？"

朱闪闪的脸上现出少有的娇羞："老胡的游戏公司赶上好行情，账面数字后面多了好几个零，让我做全职主妇了。"

她伸了个懒腰，又打了个哈欠，我见她困意来了，就跟她道别，起身离开了。

005

全职太太朱闪闪日子过得不错。

儿子3岁时，到了入园年纪，就去了幼儿园。而朱闪闪呢，有一阵子迷恋烘焙，三不五时就给我们一帮好友送来她新做的蛋糕或面包；工作日五天，一三五去上瑜伽课，二四去打打泰拳。

有段时间，朱闪闪消失了，就连朋友圈都没有发上一条。大家着急不已时，朱闪闪回来了，她去国外学习制作精油去了。说着，就从自己随身携带的手提包里取出数瓶包装好的自制精油。

一帮人好不羡慕朱闪闪，大家全都称她为"人生赢家"。她笑着摆摆手，同样跟我们开玩笑说："一般一般，世界第三。"

我则没顾上和她讲话，她知道我爱尤加利，给我的精油也是尤加利的，放在鼻前闻上那么一下，顿时神清气爽。

可谁都没想到，人生赢家朱闪闪，婚姻出问题了。

那个从来都把朱闪闪捧在手心里的老胡，出轨了，并且出轨了相当长一段时间。朱闪闪意外发现后，老胡也不隐瞒，索性摊牌，最后，提出离婚。

老胡自知是自己有错在先，主动提出净身出户，房子、车子全都留给朱闪闪。至于儿子的抚养权，老胡希望朱闪闪能退让一步。

朱闪闪原以为自己会哭会闹，但是这些都没有发生在她的身上，听完老胡的话之后，朱闪闪问老胡："你是铁了心要离婚，是吧？"

老胡低头，不敢看朱闪闪一眼。

朱闪闪看了一眼老胡，突然明白什么叫一眼万年了。

老胡是在大二的时候跟自己表白的，因为紧张，整个人说话都磕磕巴巴的，一句表白的话愣是说了快五分钟，浑身也抖个不停。朱闪闪不讨厌老胡，甚至也在学校听过他的一些事迹，知道他是个游戏迷。于是就伸出手，对老胡说："那我们先从普通朋友开始做起吧，了解一下对方，再说恋爱的事儿，行不行？"

老胡一脸通红，跟被点名一样站得笔直："行！"

想到这些，朱闪闪忽然笑了一下，拍了老胡的肩膀一下，说："我相信你既然说出来，肯定是深思熟虑过了。我也相信，只是我们的婚姻关系结束了，但你爱过我，是真的。"

朱闪闪是在那个时候，明白了一个道理：与其和对方纠缠，留住一段既定没有结果的感情，倒不如选择放手，给他自由。朱闪闪不恨老胡，是因为她学会了和解，这是爱自己的表现，同时，也是爱老胡的表现。唯一觉得伤感的，是有些人生智慧总在让你疼痛时赠予你。

朱闪闪没哭，老胡却哭了，像个孩子，哭得撕心裂肺。

006

和老胡办完离婚手续之后，朱闪闪自己一个人坐在家里的沙发上，发了很久的呆。

一段感情，如此收场，是朱闪闪万万没有想到的。朱闪闪感激自己所受的教育，让自己没做什么歇斯底里的事情。但，这不代表着，朱闪闪当真不伤心。

朱闪闪想起小时候立誓的内容，一定要争气，一定要过得好，一定要比他们的人生更完美。这么多年以来，她朱闪闪不敢懈怠半分，亲手搭建着属于自己的人生之城，眼看趋于完美了，但最终还是一盘散沙。

朱闪闪心态崩了，将自己关在家里好几天之后，买了一张机票，决定回老家看看。爷爷奶奶早已去世，老院儿仍在，不知这几年春天来时，木槿是不是依旧开得像从前一样团团簇簇。

她许久未回来，小镇仍是那个小镇。好像只有回到这儿，才有资格伤心，有资格为自己的人生按下暂停键。

跟周虹离婚之后，朱闪闪她爸朱成文隔了两年，再婚了，但不知道怎么回事，过了两年，又离婚了。于是，朱闪闪爸也就一直一个人过着了。

他老了不少，两鬓头发斑白，已然是个小老头儿的模样。朱闪闪回去时，他正侍弄着木槿树下圈种的凤仙花，见到朱闪闪，激动地说："你怎么回来啦！"

朱闪闪走上前，跟他一起坐在树下乘凉。

两人有一搭没一搭地聊天，不知怎的，就聊起了周虹，说是得胃癌了，人在医院，化疗也没太大效果了，怕是大限将至。

朱闪闪听到这个人就莫名来气，在她那么小的年纪，怎么就能那么狠心做到说走就走，甚至还说"我不要这个女儿"这样的话。

朱成文咳了一声："你还不肯原谅我们吗？其实，是我对不起你妈，也对不起你。"

因为这一句话，朱闪闪才知道父母离婚的真相。

007

那几年，朱成文和周虹两人常年在外做花生米加工出口的生意。

　　周虹脑子活络，加上能说会道，总是自己一人去开拓市场。而朱成文，就留在店里盯着工人们将收购来的花生米生产为精米。夫妻二人如此协作，虽说是劳累了一些，但生意发展得还算可以。

　　有次，周虹从外地赶回来，风尘仆仆，连茶水都没有喝上一口，隔壁店铺的老板娘就来说闲话，说朱成文跟秀水街上的洗头妹搅和到一起了。

　　周虹一听，气不打一处来，结婚那么多年，她还真没发现朱成文的花花肠子。她回家揪着朱成文就朝秀水街的那间理发店跑去，当场把那个女人骂得狗血淋头。

　　其实呢，朱成文与理发店的女人，当真清白。周虹这一闹，原本没影儿的事儿，似乎真的确有其事了。

　　朱成文太理解周虹为什么反应如此激烈，周虹她爸当年就是跟别人跑了，抛妻弃女，她早年过得辛苦。但，总归该先问问自己，而不该连基本的信任都没有。

　　也是赌一口气，朱成文闲着没事儿就往理发店跑，也不忌讳什么。后来，周虹又闹了两次，这段婚姻才走到了头儿。

　　朱成文看了一眼朱闪闪，问她："你知道为什么当年你妈一定让你跟着我吗？"

　　朱闪闪还沉浸在她爸讲的陈年旧事里，随口问道："为什么？"

　　"她怕你跟着她吃苦，你妈打小跟你外婆长大，受的委屈比吃的饭还要多，她那么做，其实是想要你过得好一点儿。"朱成文缓缓兑道，末了，叹了一口气。

朱成文叹气，是为没有说完的故事。

他们二人离婚之后，周虹又重回了当时做生意的城市，一个人重新开始打拼，收入尚可，只是一个人生活，到底有些吃力。

这些那些，都是朱成文从旁人那里听来的，对方未列太多细节，但已然够他伤心一阵。

008

从前，朱闪闪一直觉得，恨一个人是件难事儿，因为得将对她的所有爱意全部连根拔起，自此只记得她的恶行，让自己相信她一丁点儿的好，都不是出自真心。

也因此，她从没有想过原谅这件事，一个恨字陪了她那么久，她放不下。多年以来，她一直都告诉自己，永远都不与这个人真正和解。

然而，当得知真相之后，朱闪闪忽然就释怀了。她的恨有多深，就代表着对这个人的爱有多厚重。

我在午休时间接到了朱闪闪的电话，她好像已经变回从前那个朱闪闪了，那个从不会为既已发生之事伤心过度的朱闪闪。我问她："老家是不是变化很大？"

朱闪闪却答非所问，她说："我突然挺感谢老胡跟我离婚这件事儿的。"

我一时不太明白她的用意，只以为她伤心、伤神，已经开始说糊涂话了。刚想要问她什么情况时，她开口缓缓说道："是不是觉得我特别莫名其妙？可能确实多少有点儿吧。但是说真的，要不是老胡跟我提离婚，我就完全不可能发现自己也是可以原谅别人的，甚至愿意与从前的人、从前的破事儿，以及与自己和解。"

她在电话那头忽然笑了一下："其实细想想，我连老胡出轨都能原谅，能那么大度。还有什么是不可宽恕，不能和解的呢？"

从她的话里，我大概明白她发生了什么改变。这个向来凡事争做第一的人，终于开始愿意跟自己的原生家庭和解了。

这是好事。愿意和解，意味着开始学着重新解读此前所经历的一切遭遇；开始愿意剖析自我，勇于接纳自己内心的小孩；开始愿意从时间长河里，捡拾起曾经丢掉的亲情，并且开始重塑自我。

我站在办公室里，喝了一口茶，听朱闪闪絮絮叨叨地说着，偶尔搭上那么一句话，但打从心底里为她感到高兴。

朱闪闪怀揣人生重石一块，都能事事做到第一，如今将重石丢掉，只会更加成功。

009

下午，朱闪闪开车去了医院。

人到了病房前时，心里怯怯，但最终她还是鼓起勇气推门而入。朝室内一看，朱闪闪一眼就看到了躺在病床上的周虹。周虹因病气色不佳，整个人似乎也有些精神不振，眼睛微微闭着，连呼吸都略显得有些急促。

朱闪闪轻轻走过去，坐在床边的凳子上，将来时路上刚买的鲜花拆开，插入花瓶中。花是百合，一枝五头，有些已然开了，散出淡淡香味，心情郁结时闻那么一下，应该也会让人快乐起来。

朱闪闪也不知道自己为什么会买百合，大概是因为对妈妈残存的记忆里，还记得早些年，每次爸妈回家时，妈妈总是会在花店买上一捧百合。

朱闪闪从果盘上拿起一个苹果，用水果刀一圈一圈将果皮削下来，她削皮技术好，整个苹果削完，果皮也未断。她又忽然想起来，连削苹果皮这件事，似乎都是妈妈教会她的。

朱闪闪抬眼看了一下躺在床上的周虹，她似乎醒了有一阵子，一双眼直勾勾盯着朱闪闪看，眼圈泛红，眼里有泪。吧嗒，眼泪顺着眼角掉落下来。

朱闪闪看着她，笑了一下。

从前人生多少恨，如今再见相视一笑，尽数抵消。

.
.
.

两手空空，正是好时候

.
.
.

我努力，我付出，我得到了
经验与智慧。即便承诺失效，但
拼搏从来不假。

001

此前因为工作的关系，我与一位行业内的"大拿"有了所谓的深度交流。

在我看来，他的故事堪称传奇。

早些年，"大拿"就职于一家巨头唱片公司，职位是企划。不少名不见经传、郁郁不得志的小艺人，在他的策划与包装之下，竟然都能一飞冲天，迅速走红大江南北，在音乐江湖中争得自己的一席之地。

当然，除开策划与包装之外，个人努力也非常重要。

彩铃刚刚兴起的时候，"大拿"做了一个惊诧众人的决定——辞去高薪收入，投身于彩铃事业当中。

"大拿"的身边也都是"大拿"，但不是每个人都具备他这样的魄力。有不少人问他："你现在年收入如此之高，这么做，有没有想过后果？"

"大拿"笑笑，说："原本两手空空讨生活，靠自己走到今天这一步，就算输了，好像也没有什么损失。"

结果，彩铃事业迅速崛起，"大拿"作为首个涉水其中的人，稳赚了一笔。周围人这才意识到，"大拿"目光竟然如此精准。

听了这一段故事之后，我跟"大拿"说："你简直就是抓住机会的男人。"

"大拿"刚沏好茶，上好的普洱，给我与友人倒了一杯，慢慢讲道："也不算是抓住机会。就是不甘于当时所处的状态。其实，当时留在原地也没有什么不好，但总归会被时代的浪潮无情碾压。而身为一个人，理应去拼搏，在被碾压之前，到达更高更远的地方，因为时代在变，人不可能一成不变。"

"大拿"之所以为"大拿"，一目了然。当时我心中只有两个字：拜服。

002

聊天时，我问了"大拿"这样一个问题："您如何看待老板给自己员工画大饼这件事？"

"大拿"笑笑，笑里有深意。

现如今的"大拿"，经营着数家公司，员工不计其数，经营范围甚为广泛。他没有直接回答这一问题，而是跟我讲了一段故事。

"大拿"是 20 世纪 70 年代生人，家境不错，算得上出生于音乐世家，父亲所编撰的图书，一度是业界奇迹，销售册数以百万起步。"大拿"年轻时的梦想，是当一个摇滚歌手，因他弹唱俱佳，并且具备良好的创作能力，而他父亲也有意栽培。

机缘巧合之下，"大拿"结识了某音乐巨头公司的老板。"大拿"不怯，背着吉他在老板面前弹唱了一首，结果与嗓音相比，反而是改编的曲调引得了老板的重视。

　　说起未来规划时，老板如此跟"大拿"讲："每年公司都会包装无数艺人，但在每个人身上的投资，都是有计划的。也就是说，每个人都有一次成名的机会，但要看谁能被市场挑中。而你的资质不同，如果你去做企划，反而能运作更多的人，你的能力也可以得到最大的展现。比起一个火起来的机会十分渺茫的艺人，和一个更可能成功的企划者，你更愿意做哪个？"

　　"大拿"喝了一口茶："听起来是不是现在所说的画大饼？"

　　我点点头。

　　"大拿"的人生是在那一刻有了偏斜，他觉得，去做一个企划似乎也没有什么不好。更何况，老板承诺：若是他做得不错，会在一年内送他去日韩以及欧美的业内顶尖机构跟随顶尖人士学习。

　　没多久，"大拿"入职了。

　　理想虽改，但不变的是身上的那一股拼劲儿。而老板，真的在一年后，兑现了原本的承诺，公司出资，送他外出学习。

　　再度回归公司时，"大拿"的眼光已与从前有了天壤之别，更加了解世界音乐动向，在企划上，也更加具备前瞻性。正是因为如此，他才能深谙音乐操作之道，有了后来的无数成功案例。

　　"大拿"的故事，充分说明了一件事：凡遇此事，首先要做的，不是去管这一承诺兑现的概率有多大，而是要去思考，接下来，要为之付出多少的努力。因为，即便承诺无效，但拼搏不会骗人，而你加倍努力时，所得来的东西都是稳打稳扎的，都将成为未来职业生涯中的宝贵财富。

003

我刚入出版行业的时候，一直都在担心一件事，那就是被取代。

我如此说，自然是事出有因。

2012 年的时候，我所处的杂志行业很不景气，杂志销量不断下滑，最终老板做了一个艰难的决定，那就是关停我所就职的杂志社。一夕之间，我失业了。

我向来是个多虑的人，担心没有工作，担心没有收入，担心饿肚子，总之，事情的发生一度加剧了我的焦虑。后来，在友人的推荐之下，得以入职一家出版公司。

刚入职时，我对出版行业毫无头绪，部门领导每日里忙得头都不抬，根本无暇顾及我这个新人。所谓老人带新人，更多的时候，依靠的是新人的自主学习与悟性。

尤其是看到比自己早入职的实习生，因为月余并无业绩而遭到辞退时，我对失业更加恐惧，只能加倍努力。那时候，我总是办公室里最晚走的一个人，每天加班到晚上十点，是常有的事。

事实证明，只要付出努力，所得来的回报一定是加倍的。到如今，我依然记得，当时我负责编辑的那本图书征订数量出来之后，足足超出其他编辑所负责图书征订数的一倍。

　　老板当然看得到这一切，她在我起初入职的时候，就与我说："你在杂志社就是部门主任，来我们公司肯定职位不止于此，但因为你在图书出版行业完全是新人，需得有一个过程。你相信我，我一定会给你相应的位置。"

　　虽说这话有画大饼的嫌疑，但到底，在三个月之后，我顺利成为部门的副主管。又过了数月，成为主管。

　　那几年，我的职位发生了几连跳，从一名图书编辑到一名策划总监。

　　每一次成长，都是从一个可能无效的承诺开始，依靠个人努力，去达成。你努力，你付出，你收获。世事如此公平，努力诚不欺我。

004

　　当然，我身边也有这样的真实故事：你努力，你付出，你一无所得。公平二字，说来容易，也不容易。

　　我一个朋友，在某家公司就职五年，兢兢业业。此前老板应允的每个承诺，基本上也都兑现了。可在最后一次，公布的升职名单上，她的名字不见踪影。她忽然间就泄了气，觉得她的老板也不过是个善于画大饼的人。

　　在承诺未得到兑现的时候，辞职也就显得理所当然了。即便老板一再挽留，层层分析、情理兼顾，也无法挽留她。最终，她成功辞职，休整一个多月之后，入职了新公司。

　　她面对的依旧是繁忙的工作、不断的出差。公司虽然有所变动，但不变的是她极高的工作完成度。在一众同事里，她是拔尖儿的那个。因为此前未被兑现的承诺，她在工作时更加卖力。

　　年底，公司将最佳员工的奖励授予她的时候，她在台上感谢了无数人。恍惚间，她似乎在人群中看到了自己的前老板，可是她深知，她的前老板不会坐在台下，但她也知道，当她有所成就时，自己的前老板是愿意，也是会为自己鼓掌的那个人。

　　她刚入这一行业的时候，对任何事情都一知半解。是老板给了她绝对的信任，凡事都交由她放手去做，每次当她质疑自己的时候，老板都会说："没事儿，出了问题我担着。"

　　她在职场中的所见所学，她之所以能在目前的公司里独当一面，甚至优于他人，全都得益于她前任老板的栽培。她的前任老板给了她无数承诺，又几近全部兑现，唯独最后一次的失约，成了她离开的理由。

　　那天晚上，她特别感慨地跟我说："其实我特别感谢他，要不是他，我不会明白自己到底想要什么，也不会为我想要的人生付出百分之百的努力。就算我现在再成功，但我成功的极大动力，都源自那个无效的承诺。"

　　她跟我说完这些之后，将黑名单里的前老板拉了回来，发了两行字过去："谢谢这些年的信任，也谢谢那些兑现和没有兑现的承诺。"

００５

　　我自己也经历过这样的时刻，从前我也会为没有被兑现承诺而愤慨：为什么承诺了，却做不到？这是欺骗。以此为借口让我更加卖力地工作，却不兑现承诺，是对我工作的不认可，是对我努力的否认。

　　但当下，再面对无效的承诺时，我反而会去思考：

　　是不是我在工作上的确仍存在不足；

　　与其他人相比，是不是我工作的完成度的确有不合格的地方；

　　再回到最初，为什么老板将这个大饼丢给了我，而不是别人？

　　承诺之所以发生，或许是一时兴起，或许原本真有此意。但在努力的过程中，那些有效的拼搏，本身便是最好的结果。而当我明白这些之后，至于承诺是否真正能够兑现，已经没有那么重要了。

　　重要的是，我努力，我付出，我得到了经验与智慧。即便承诺失效，但拼搏从来不假。

人生不 是拿来将就的

外一则 —

001

一个春天的傍晚，下着暴雨。

小区内的几棵香椿树先后冒了嫩芽。雨水砸在上面时，香椿的气味儿随风由窗外而至屋内。

那天是周末，我一下午看了几集电视剧，后知后觉地意识到暴雨来了。我起身开了灯，打算去给自己做点儿吃的。我正站在冰箱前翻找食材时，手机铃声响了起来。我掏出手机一看，是发小陶绮。

我把手机放在耳边，以肩膀往上稍稍用力的姿势固定住手机，两手并用继续在冰箱里快速翻找，并将挑出的可用食材放在一旁。但陶绮接下来的话，却让我停止了一切动作，整个人就像被定在原地一样。那一刻，我只想听她说话，连冰箱门都顾不上关起来，任凭冷气吹到脸上。

"你一定得帮帮我。"陶绮语速较快，听起来很着急，这并不是她平常的风格。

陶绮向来不求人，今日开口，估计是真碰到了什么难题，我跟她讲："你得先告诉我什么事儿。"

我就这么在电话里，断断续续听完了陶绮近来的遭遇，当时心中除了生气、惋惜和痛心之外，还有一百个不理解。

这年春天，陶绮 28 岁。

陶绮大我两岁，少时因为一场大病，休学两年，再回校读书时，原本应是学姐的陶绮，不仅与我同级，还成了我的同桌。

陶绮是个非常好相处的人，她对人向来不错，在借橡皮、铅笔芯和墨水这样的事情上，陶绮从不吝啬，有时候甚至还会在课间给我买上一根冰棍。又因为我们两家离得较近，所以我们自然也就成了朋友。

陶绮大学毕业后，陶绮父母以自己年纪大身边需要有人照料为理由，让陶绮放弃了上海某知名外企发的 offer，回了那个北方小镇。

再接着，没多久后，陶绮就成功考取了教师资格证，又顺利通过了当地小学的面试、笔试，成了一名语文老师。自此，陶绮开始了她的教书生涯。

这些年来，我鲜少回去，但这些事情都未错过。陶绮每日都会与我聊天，就好像是在同我做报告。朋友就是哪怕相隔甚远，联系却不会断。

我原以为陶绮心中会略有不甘，但好像，她也开始慢慢接受了这样的设定和人生走向。

最近一次跟陶绮联系，还是前段时间的某个晚上，我加完班回到家，整个人精神不济，只盼着能一夜好眠，而陶绮却给我发来了微信。

陶绮说："今天上课的时候，学生们写作文，我坐在那里有点儿愣神。整个人精神特别恍惚，好像回到了小时候一样，咱俩就坐在座位上，你在那儿偷偷吃辣条，老师在窗外看着咱俩。"

看了这条微信，我心中感慨万千，回她："是啊，转眼我们都这么大了，可大多数时候，心里却总觉得自己还小着呢。"

她很快回复我："太傻了，小时候老想着快点儿长大，长大了才发现，当个成年人可真累啊。如果当成年人需要考资格证的话，那我肯定不及格。"

怪我当时困意太浓，未曾细究陶绮为何会说出这样的话来。我实在懒得打字，索性给她发了一段语音，嗔怪道："陶老师，你什么时候变成林妹妹了？读书的时候你学习成绩就好，现在又是人民教师，怎么可能不及格？快睡觉，我困死了。"

陶绮给我发了一个晚安的表情，再没理会我。

再与我联系，就是多日之后，在这个下雨的傍晚，她给我打来了这通电话，告诉了我一切的答案。

002

向来孝顺体贴父母的陶绮，在28岁这一年，决定要干一件惊天动地的大事。用陶绮小时候她妈常用来吓唬她的话来说，就是——"陶绮，你反了不成"。

陶绮确实反了，她要离家出走。

陶绮身边的朋友多半已婚，并且都生活在一个城市，真去了哪个朋友那，也藏不住，她跟谁关系亲密，她妈门儿清，一找一个准。

　　经过一系列的排除法后，陶绮得出一个结论，与她关系近且又能帮她保守秘密的，唯独剩下我了，再加上我在北京这一点，她妈一时半会儿也难来寻她。于是，我就这么成了陶绮离家出走可投奔者的最合适人选。

　　有理有据，并且出走理由确实成立，我当然只能点头同意她来找我。

　　28 岁的女生已经足够成熟了，却突然决定离家出走。无论是谁听到此事，都会觉得这一定是发生了悲惨的事。实际上，也确实挺惨。

　　我与陶绮一样，生于那个小镇，长于那个小镇，虽然久未回去生活，但对那里的一切，依然再熟悉不过。更何况，除了陶绮之外，我何尝不是故事的亲历者？

　　我的故事不必讲，毕竟今日故事的主角是陶绮。

　　陶绮成为老师没多久，刚好就碰上学校组织春游。早起一行人在学校集合，乘坐提前订好的大巴，一路朝着目的地出发。学生都还处于对一切觉得新奇的阶段，一路上热热闹闹地聊天，还有人拿出零食大方地跟同学分享，再加上大巴播放器上正播着电影，一时之间，逼仄的空间更惹人烦闷。

　　而陶绮呢，她有些发困，整个人都提不起精神来，窝在座位里，闭着眼想要打个盹儿。

　　她和孟鹤来的故事，就是从这个时候开始的。

　　那原本是春天里最寻常的一天，和以往每年的这一天没有什么两样。一样的春日正好，一样是感觉春困，26 岁的陶绮也依然单身，并不知道自己人生的长河里即将花开两朵。

大巴在前方拐弯的时候，被一辆想要超车的私家车别了一下，私家车速度太快，两车相撞，车子都停了下来，一群学生没怎么见过这样的阵仗，趴在窗户前，看两位司机交涉，陶绮就站在一旁，等待时机。

虽只是轻微剐蹭，但车主不依不饶，非要私了，提出的数额还不少，并多次扬言，若是不按照他说的来办就报警。年过四十的壮汉，衣衫不整，露出一大片肚皮，看上去似是喝醉了酒，有些要无赖的架势。

车主没报警，报警的是陶绮。

没过一会儿，警察便驱车而至，孟鹤来就是那天出警的警察之一。车子停在路边，接着，一双长腿就从车里迈了出来，整个人从车内走了出来。

孟鹤来走近之后，做的第一件事，就是对着闹事的司机掏出一个测酒精的仪器，说："吹一口。"

司机拒绝，还是站在孟鹤来一旁的男生略略按了按司机的头，司机这才吹了上去。

陶绮站在一旁，当时春风柔柔，她看到了孟鹤来帽檐下那一双狭长的眼。饶是少女时期看了无数小说，但说起来，陶绮还是头一次发现，原来现实生活中真有人剑眉星目，宽肩窄腰，说话字正腔圆。

阳光洒在孟鹤来脸上，陶绮甚至能看到他皮肤上那一层细细的茸毛。

他真好看。

好看到让涉世虽深，却始终未曾恋爱的"中年少女"陶绮，就这么轻易动了心。

003

那天的结局是，叫嚣着要私了、提出巨额赔偿的车主，被孟鹤来测出酒精超标，涉嫌酒驾，直接被孟鹤来的同事拎着就要带回队里去。

孟鹤来看了一眼司机，还算老实，这才放心地走到陶绮跟前，看了她一眼，礼貌一笑，然后问她："人喝多了，我们会带走好好处理的，请一定放心。还有一个问题就是，你们车上的人都安好吧？没什么大事吧？"

陶绮愣了，一时之间竟说不出话来，好一会儿才反应过来，但也是洋相百出。陶绮先是点头，然后又疯狂地摇头，最后结结巴巴地说："没事，没事，都很好，不用担心。"

孟鹤来又笑了一下，低头从随身带的小速写本上撕下一页，写上自己的名字和电话后递给了陶绮，陶绮扫了一眼，孟鹤来字写得不错，苍劲有力，如他的相貌一样耐看。

"我叫孟鹤来，虽然说没事，但我还是想给你们提个建议，回头啊一定要去检查一下车子，如果一旦发现有什么问题，你可以立刻跟我联系，我会把那个家伙叫上，一起解决。"孟鹤来说这些时，人站得笔直，宛如春日里的一棵小白杨。

陶绮将那张纸捏在手里，薄薄一张纸，陶绮却觉得沉甸甸的，心中对他好感倍增，心想：倒是个贴心的人。她冲孟鹤来点点头，说："我会按照您说的去办的，那孟警官您先忙，我们也赶紧出发了。"

春游路上虽发生了这个小意外，但好在大家的心情并未受到影响，孩子们肆意奔跑，在春日暖阳下你追我赶。而陶绮呢，春困没了，整个人精神抖擞。她躺在草地上，反复将那张纸举起来，放在眼前，看了又看。

孟鹤来、孟鹤来、孟鹤来。

于是，这个人，这个名字，一整天都不断出现在陶绮眼前，连吃饭时、喝水时、走路时、看书时，陶绮仿佛都能看到这个人。

这个孟鹤来，怎么就让她春心大动了，这可不是什么好兆头。

004

那天回去后，陶绮跟着司机一起去给车子做了检查。仔细检查一番，最后的判定结果是剐蹭不严重，只掉了一层漆，其他地方未受影响。

司机说："算了，那人酒驾已经够惨了，我长个教训就行了。这点儿漆皮钱，算不了什么。"

司机大度，倒显得陶绮有些不近人情了。

　　说罢，司机给自己点了根烟，坐在路边长椅上，于习习春风里抽了根烟。

　　陶绮郁闷不已，为什么只是掉了层漆？这让她以什么理由跟孟鹤来打电话？若是真的打电话了又要说些什么？就说只是掉了层漆皮，你不用担心了？

　　其实，陶绮心里最想说的，分明是：这次的事情幸好有孟警官帮助，作为回礼，我想请您吃顿便饭。

　　陶绮早都想好了，如果他拒绝一起吃饭，她也要送面锦旗给他，锦旗上的题词她都想好了："人帅心善孟鹤来，行侠仗义为人民。"

　　让陶绮郁闷的事儿，不止这一件，陶母柴静芝，又擅自做主给她安排了相亲。

　　每当相亲的事发生，陶绮都会更加讨厌自己。按照自己的规划，毕业之后，拿到上海外企的 offer，成为一名白领，此刻她应该坐在格子间里，喝下午茶，会议不断。

　　遗憾的是，她一毕业，就被父母召唤回来了。

　　明着说，是二老年迈，身边需要有人照料，可要从暗里来说，则是父母亲手掐断了属于她的一切可能。如无意外，她的下半生一眼就能看到头儿，将会如她的父母、她父母的父母一样，在这小镇上度过自己的青春、中年，步入老年，最终成为一捧灰，长埋此地。

　　如此过一生，倒也没有什么不好，只是相亲这件事，从不是陶绮想要去面对的。

一直以来，陶绮心中所向往的婚姻和家庭，是两个人情投意合，是人海相遇因为爱情而步入婚姻。绝对不是当下这样，两个到了适婚年龄的人，被熟人安排到某个场合，只要彼此看得顺眼，说得过去，一切都将以倍速提上日程，择个黄道吉日，他娶她嫁，此后洗手做羹汤，终此一生。

陶绮委婉地跟柴静芝说："妈，我能不去吗？"

柴静芝听她这么一问，又是一副要哭的架势，哭丧着一张脸，如受了天大委屈一般，说："妈就你一个女儿，从前你读书，妈怕恋爱耽误你学习，所以才不让你恋爱，可妈哪儿知道会耽误你的婚姻啊！妈年纪大了，没几年可活了，陶绮啊，你就当是为了妈，去见上一面。如果碰巧不讨厌那个人的话，你就将就一下，差不多得了。毕竟在咱们这种小地方，到了你这个年纪……"

柴静芝没再接着说下去，或许是怕伤着陶绮，触发她的逆反心理。陶绮当然知道下一句是什么——到了你这个年纪，已经属于晚婚了，再不赶快挑一个不错的嫁出去，以后等着你的，也只有二婚男了。

陶绮并不生气，她只是有些难过，为柴静芝口中所说的"将就"二字难过。

将就二字，仿佛刻在了陶绮的人生里，宛如两座大山。多年来，虽说也已经习惯了，但每次想起来，都让她觉得难受。有时候她会觉得自己实在喘不过气来，但又无处可逃。

　　孙悟空被如来佛祖压在五指山下，五百年后，尚有唐僧路过，一手揭去符纸，还了孙悟空自由。可在这现实人生里，无人可依，那"将就"似乎就是必然了。

　　陶绮人生的两座大山，确是柴静芝亲手覆盖上的，但为它们完成加固的，则是陶绮自己，怪不了别人。虽有委屈，但真要论起元凶，本是她自己。

　　于是，陶绮就难免想起从前来。

　　年少时，陶绮想要一枚嵌有两粒珍珠的发卡，但因为价格太贵，她妈在她姨妈家拿回了数枚表姐不要的发卡，个个儿破旧、残缺，为她别在头发上，说："家里没那么多钱，你将就一下，以后妈有钱了补偿你。"

　　生病那年，她身体虚弱不已，家里每隔两天就要买只母鸡炖汤。她妈每次都盯着她喝完，不能剩下一滴，而她妈呢，将她没喝完的汤直接拿来拌饭，坐在床前自己吃。

　　虽说陶绮当时年纪小，但已经懂得心疼人了，她拽住她妈的手，说："别吃。可能有病菌呢。"

　　柴静芝轻扯一下胳膊，继续拿勺子挖起一勺，送入嘴中，一边咀嚼一边含糊不清地说："多大点儿事儿啊，妈平常不将就一点儿，哪儿来的钱给你买老母鸡熬汤补身体？"

　　是了，就是因为这些发生在过往的种种事情、无数个雷同的昨日，最终塑成了今日的陶绮。

可以将就自己的梦想，她觉得将家人放在首位没错，放弃梦想不可惜；

可以将就吃穿用度，多年习惯成自然，有时多花钱甚至会苛责自己；

可以将就接受本不在计划里的职业，因为她妈觉得以后更安稳……

从前的陶绮，面对任何事情都可以妥协，甚至觉得，将就一点儿也没什么，人生照样在过，自己也没有因为将就而缺胳膊少腿，心脏一样跳动有力，嗅觉依然灵敏，红烧肉送到嘴里一样香糯可口。

但分明，有什么不一样了，有些东西似乎在发生变化。

005

虽说排斥，但陶绮最终还是没能逃过柴静芝的"将就论"，老老实实去相亲了。

那天下了点儿春雨，路旁柳梢随风摇摆不定，陶绮站在餐厅门口，看着脚上踩着的被雨水淋得湿漉漉的一双鞋，犹豫了好一会儿，还是走了进去。

后来陶绮总会想，如果那天她没走进那个餐厅，肯定将会抱憾终生，并且永不会原谅自己。

和她相亲的人，不是别人，正是孟鹤来。

摘了帽子的孟鹤来，留着圆寸，左边眉骨上有一颗痣。自己肯定是刚才一路躲雨小跑太累了，否则怎么会心慌，陶绮心想。

陶绮走上前去，在对面座位坐了下来，低着头的孟鹤来抬眼一看，两人四目相对，顿时都笑了起来。

"孟警官。"她说。

"陶老师。"他说。

然后，两人又笑。此时，服务员走来，掀开铁锅，腾腾热气冒了起来。

那顿饭吃的是地锅鱼，我们生活的那个小镇，坐拥一个巨大的水库，又因为在黄河边儿上，所以多的是养鱼人家。于是，吃鱼自然成了当地的特色。

孟鹤来心细，拿着公筷挑了一块刺少的鱼，放在陶绮的盘中，看着她说："陶老师，吃鱼。"

陶绮捏着筷子，低着头，夹起鱼块就往嘴里送，她怕自己脸太红，被孟鹤来发现了就不好了。陶绮心想，如果到时候，两人真一起生活了，处处占下风的肯定是她。感情不都这样吗？谁先动情、谁更多情，谁最懂让步。

席间他们聊了不少，孟鹤来小陶绮一岁，父母经商，早就定居在苏州，很少回来，他是跟奶奶长大的，读的是警校，毕业后，回到这个小镇做了警察。

"怎么就想着回来了呢？"陶绮读书时，一直梦想着毕业后就去上海做"沪漂"，凭自己努力在那儿扎根，每天若是得空，就去外滩转转。但最终，还是没抵得住将就二字的压迫，回到小镇，成了一名老师。

孟鹤来笑呵呵地说："我从小在这儿长大，对这儿的一切都太熟悉了，所有的回忆也都在这儿，奶奶也在跟前儿，所以别的地方对我没什么诱惑力，只有人在这里时才会特别有安全感。"

陶绮点点头，又点点头。

陶绮心想，原来，有时候人生的某个选择看似是将就了点儿，但好像也没什么不好。如果没有那个将就，她怎么会在这个年纪遇到孟鹤来？

但到底还是没忍住，陶绮问："你怎么跟我一样沦落到相亲呢？"话刚出口，陶绮就后悔了。这一提问委实欠妥，好像是带有特殊眼光一样，并且，不只贬低了自己，也贬低了孟鹤来。

孟鹤来倒没有不愉快，即刻回她："干我们这一行的吧，真忙起来常常顾不着家。我之前的女朋友，不喜欢我做警察，也不希望我留在这里，异地了一段时间，最终大家深思熟虑后，分了。"孟鹤来喝了一口茶，"我奶奶年纪大了，但是想法可多了，想看着我结婚，想给我带孩子……你说老人怎么总是那么操心？"

他说话时，左边嘴角会不自觉上扬，脸上带有笑意，眼神定定地看着自己，显得尤其诚恳。

"然后就……遇到了你，陶老师。"说完这句，孟鹤来的脸肉眼可见地红了。

006

真是个春风沉醉的夜晚。

从餐馆里出来的时候，雨已经停了，路上行人稀少，暗黄的路灯亮起两盏。长街上，两人并肩行走，偶尔有车经过，二人沉默不语，只有树影摇曳，树叶随着风簌簌作响，似是凑在一起说着什么秘密。

到陶绮家单元门时，孟鹤来站在原地，看着陶绮："早点儿休息啊，陶老师。"

陶绮点点头，转身朝着楼道走进去，一脚才刚踏入，声控灯就亮了起来。陶绮猛然回过头，看着刚转身作势要离开的孟鹤来，两人的影子被灯光拉扯着叠在一起。

"孟鹤来！"陶绮大喊一声。

"到！"那人也高声回应，同时回转过身，眉眼带笑看着她，问，"陶老师，有事儿吗？"

陶绮小跑到他前面，叮嘱："路上注意安全！"

孟鹤来回她："遵命。"

孟鹤来比陶绮高出许多，低着头看着陶绮，风扬起她的头发来，有那么几缕扫在他鼻尖上，有些痒，一双唇险些就落了下去。

孟鹤来猛地清醒过来，说："那我走了。"

陶绮又喊："记得联系我啊！"

这一次，他没回头，而是大声回了一句"好"。

眼前月光寂寂，落在孟鹤来的肩头，从前回家走夜路，总是一路星光陪伴，但在这个晚上，孟鹤来心中隐隐有感，他似乎在对的时间遇到了对的人。

她对今天自己的表现还算满意吗？自己有没有说错什么话？孟鹤来想着，打了个哈欠，云层中坠下一滴雨来，落在他的鼻尖上。

此时的陶绮，趴在窗口，盯着那条马路，空空荡荡，并无人影，但她就是想看看。

春风柔，空气潮，人心也跟着躁动不已。一群萤火虫结队飞过时，她才回过神，一转头，就见柴静芝端着一杯枸杞红枣水走了进来。

柴静芝将水杯放在床头，没有走，而是坐在床头梳妆台前的凳子上，问她："这一次怎么样？满意吗？"

还没来得及说话，陶绮的脸就先红了。柴静芝火眼金睛，双手在腿上一拍："你看，我就说，人有时候得将就一点儿，适当降低一下自己的要求，这事儿啊，它就成了。"

陶绮心想，孟鹤来条件可不差，真从了自己，多半觉得委屈的是孟鹤来呢！但她不多说什么，端着水杯喝茶，一股子甘甜味儿沁入口腔。

甜，是甜甜的恋爱的味道。

007

数次约会之后，陶绮与孟鹤来的关系终于明确了下来，他们恋爱了。

　　树叶从嫩绿柔软变得茂密，一茬春花谢了，仍有后继者于胜日里争奇斗艳。时间一晃而过，好几个月就那么过去了，两人之间的关系也更为见好。

　　亲密无间四个字，似是为孟鹤来与陶绮这两人而造的。

　　陶绮渐渐开始习惯孟鹤来接自己下班。有时候他外出办事，路过学校的时候，会骑着摩托车在路边等她，往往手里还会拎着一份她最爱的小吃。

　　是从什么时候开始那么依赖他的呢？每次双手环抱着他的腰时，陶绮心里总会觉得特别踏实，尤其是当知道这个人一样也在爱着自己时，陶绮心里头就好像放了一场烟花，每一朵腾空炸开的喜悦都是不同的。

　　孟鹤来奶奶75岁生日这天，孟鹤来的爸妈特地从苏州赶了回来。两人待人和和气气，见到陶绮就先递来一张笑脸，接着，孟母塞给了陶绮一个红包，说：“这是阿姨的心意。”

　　没过一会儿，客人渐渐多起来，孟鹤来爸妈起身去招呼客人。一时之间，客厅内就剩下陶绮和孟奶奶，两人坐在沙发上，电视里播着养生节目。

　　孟老太太慈眉善目，见到陶绮就笑起来，冲她招了招手，陶绮起身，坐在老太太近旁。

　　而孟老太太接下来的举动，略略让陶绮有些诧异：老太太将戴自己手腕上的玉镯子硬取了下来，拉起陶绮的手，给她戴了进去。宽松度正好，就像是为陶绮量身而制的，玉镯成色奇佳，陶绮虽然不懂，但也能看出这只手镯水润通透，绿莹莹的，毫无瑕疵，能看出孟老太太平日里护理得仔细。

陶绮觉得这样不好，这礼物太过贵重，于是就伸手想要摘下来还回去。

老太太虽然年过 75，但身体硬朗，嗓门也洪亮，她拽着陶绮的手，阻止了她的动作，小声说："这是我嫁给小鹤来他爷爷那年，我妈给我准备的陪嫁里的一件儿，说是传了好几代，我妈、我姥姥当年都是戴着它出嫁的，一辈子啊，都过得和和美美的。我看得出，小鹤来是真心喜欢你，所以才放心给你，我这纯属是替我们家小鹤来求福呢，如果你要摘了，奶奶可就伤心了。"

陶绮没有再动，而是握着奶奶的手，摩挲着她手上的皱纹，两人相视，盈盈笑着。此时，孟鹤来端着果盘走了过来，对于发生的事并不知情，招呼着："你俩啥情况，快吃水果！"

说着，孟鹤来就夹了一块儿切好的哈密瓜，送到了奶奶嘴边，紧接着，又捏起一块，送到陶绮嘴边。

那天生日宴结束，临走的时候，陶绮看看腕上的玉镯子，怎么看都觉得不好意思，奶奶看出了她的顾虑，跟她说："你要真喜欢小鹤来，就踏踏实实戴着，不要觉得贵重什么的。我一个老婆子，生不带来死不带去的，就是想靠它讨个好彩头。"

言语甚为平常，却惹得陶绮泪眼汪汪。孟鹤来将手放在她背上，轻抚两下："既然是奶奶的心意，就戴着吧。"

陶绮这才放下心底的不安，跟着孟鹤来坐在摩托车上，临走时，她回头跟奶奶说："奶，走啦，改天来看你。"

孟奶奶笑着："抱紧点儿。"说着，便坐在了大门前的躺椅上，一双眼睛温柔地注视着他们，朝两人的背影挥了挥手，又挥了挥。

008

有天陶绮下班早，索性去所里等孟鹤来下班，好巧不巧，那会儿孟鹤来外出有事不在。于是陶绮就坐在孟鹤来的座位上，看着刚推送的新闻，以此打发时间。

这时，有个叫小唐的同事，刚好走了过来，看到陶绮时，大嗓门直接喊出了声："哟，这是我们孟哥家那位吧?！看他手机屏幕设置的是你的照片，没想到本人更好看呢！是我哥有福！"

陶绮也认出了他，是那个拎着司机往车里走的小唐，陶绮略感羞涩，红着脸，朝小唐点点头，起身跟他问好。

小唐手里提着一把香蕉，直接撕了一根，递给陶绮："来一根儿，嫂子，这我刚买的，可甜了！"

这声嫂子叫的，还让人怪享受的。

陶绮伸手接香蕉，就见孟鹤来大步走了过来，对着小唐肩膀猛地拍了一下，佯怒道："小唐同志，怎么没大没小的呢，对谁都这么油嘴滑舌！"

小唐吐了下舌头，把香蕉塞到陶绮手里，转身跑了，仔细听的话，能听见他刻意压低了声音在办公室里喊："孟哥媳妇儿来了，快去围观！"可他的嗓音真不算小。

原本坐在座位上的人，三三两两地起了身，朝着他俩的方向看过来。

有大胆一些的，直接冲着陶绮喊："妹子，往后啊，我们家老孟就交给你了！要是他以后敢欺负你，你就回所里来，甭见外，就当回自己家里来了，不管啥事儿，只管跟老哥哥们说，准给你做主！"

有个大姐也迎合了一声："就是，今儿啊，我们跟老孟划清界限，以后所里都是你娘家人。"

众人哄堂大笑，笑声里还夹杂着小唐一句："啥时候办喜事儿啊，最近嘴里有点儿苦呢，想吃糖。"

"这帮人，说起来嘴就没一个把边儿的，走，我带你去个地儿！"说着，孟鹤来一把拉过陶绮，两人走了出去。

小唐人倚在门框上，剥着香蕉，看着两人离开的背影，哀怨地说了句："就剩我还单着了。"

老陈叼着一根烟，给了小唐一脚："要学会主动出击啊。"

009

孟鹤来将摩托车停在了一个小区前。停好后，孟鹤来伸出一只手来，对陶绮说："来，抓手。"

每次听他这么说，陶绮都忍不住想笑，觉得他身上的孩子气太重。但他们恋爱近一年的时间里，却是孟鹤来处处在照顾她。

陶绮伸出手，跟他的手贴合在一起，边走边问："来这儿干吗？"

小镇早两年前，被划分到了市里，市里更是为此另设了一个高新区。从前人们都住自建房，如今新开发的楼盘不在少数。陶绮虽然关注不多，但也大概知道，这家开发商的售价不低，据说，按照发展规划，这里在未来将成为新区的中心地段。

孟鹤来拉着陶绮的手，大步朝前走着，留给她一个侧脸，神神秘秘地说："待会儿你就知道了。"

小区环境着实不错，离陶绮就职的学校也近，周边商超一应俱全，楼与楼之间的相隔距离较大，绿化更是做到了极致。

一路走着看着，两人就走到了单元门口，孟鹤来一把拽陶绮进了电梯，按了12层。

电梯门开时，两人走出去的那一刻，陶绮还不知道接下来会发生什么事。直到孟鹤来将一把钥匙递给她，说："走，开门去，门牌号是1228，别开错了啊。"

陶绮拿了钥匙，手还被他牵着。她紧跟在孟鹤来身后，心里想着，这是唱的哪一出？

孟鹤来唱的哪一出？

1228是房间号没错，同时也是孟鹤来特地按照陶绮的生日数字选的。孟鹤来付了全款，而房本上，只写了陶绮一人的名字。户口本嘛，是他从陶绮她妈那要来的。

此时天色已晚，两人进门之后，屋内一片漆黑，孟鹤来说："你等一下，估计电闸没拉，我马上回来。"

黑暗里，只听"啪"的一声，电闸似是被推了上去。

而陶绮却被眼前的一幕惊着了，随着那声声响，屋内霎时间亮起了无数只暖黄色的小灯来，而孟鹤来，也不知道什么时候已经站在自己眼前，深情地看着自己，他举起手中的戒指，单膝跪下。

"陶老师，一转眼，咱俩在一起快一年了。可能你也发现了，我这个人，嘴笨得很，总是不知道说什么好听话才能哄你开心。但是，我知道怎么做。能遇到你，我觉得特别幸运，也觉得特别幸福，幸福到总担心哪天睡醒的时候，你就消失不见了。所以，有件事儿，我想尽快确定……"

陶绮的眼泪不争气地掉落下来，整个人激动到说不出话，就那么以双手捂嘴，一双眼看着孟鹤来。

孟鹤来抬眼，看向陶绮："陶老师，你愿意嫁给我吗？我会用一辈子来疼你、爱你。"

愿意，当然愿意，一百个愿意，一千个愿意。不，是一万个愿意。

陶绮这才反应过来，孟鹤来单膝跪地有一阵子了，于是她也半蹲下去，趴在孟鹤来的脸上吧唧亲了一口："我愿意，还有就是，我告诉你，孟鹤来，我这辈子赖上你了！"

两人这才起了身，孟鹤来跪得腿有些发麻，险些摔倒，陶绮一把拽住他，而孟鹤来一个巧劲，陶绮就又到了他怀里。

原是浪漫的时刻，偏偏不巧，隔壁邻居遛狗回来了，狗绳没拴，小狗见到他俩直接冲了过来，叫了两声。

老太太在走廊里喊了一声："来福，快回来！"一双眼睛微微眯起，这才看见站在门里的两个年轻人，嘟囔了一句："真稀奇。"

陶绮没忍住，扑哧一声笑了出来。

010

世上的事儿，其中有一多半，大概都是命中注定的。这是恋爱后的陶绮，从人间里捡拾而来的智慧。

得此智慧，当然是有原因。

比如她和孟鹤来，偏偏那天春游全校就他们的车被蹭，偏偏来出警的是就孟鹤来，偏偏还被安排一起相亲……这些都算了，偏偏他们还都对彼此有感觉，于是也就只能从了这个偏偏，携手一起共度此生了。

孟鹤来将房本交给陶绮的时候，陶绮十分忐忑，觉得拿着烫手，她看着孟鹤来："我跟你又不是图这些。"

孟鹤来看着她，说："我知道。"

陶绮又说："其实咱俩将来结婚以后，住在奶奶的老房子里也挺好的，宽敞，还带院子。"

孟鹤来点点头，还是说："我知道。"

无论说什么，都是这句回答，陶绮看着他，实在没忍住，这才说出了心里话："你怎么就这么舍得花钱？这可不是会过日子的表现。"

孟鹤来还是那一句："我知道。"

跟陶绮恋爱以来，孟鹤来当然早就知道陶绮品性如何，为人如何了，但也正是因为对她的了解渐渐深入，慢慢地也发现了她身上存在的一些问题。

孟鹤来发现，他们两人未曾有交集之前，陶绮的人生有多半都是在将就中度过的。而她自己心中所想的任何首选，几乎从未拿在手中过。

有人一生洒脱，活得自在从容；但也有人一生事事选择将就，行至最后，再回首时，遗憾二字便成了此生唯一的总结。

孟鹤来当然记得，有次他们两人逛街，在精品店里，陶绮原本挑好了发卡，到结账的时候，觉得价格太贵，又放回去了。

孟鹤来也记得，两人有次自驾旅行，去超市采购的时候，陶绮的时间几乎都浪费在一件事上：同类商品要来回比对，最终挑选的商品，一定是价格最合适的那个。

孟鹤来还记得，有次两人去看电影，陶绮明明想吃DQ的冰激凌，味道都选好了，最后还是换成了可爱多。这样的事情太多了……让孟鹤来最难以忘怀的，就是，他们初遇时，陶绮身上穿的那件早已起了毛球的毛衣，陶绮现在还在穿。

眼见如此种种，孟鹤来难免心生感慨，不过是大他一岁而已，但在不少事情上，陶绮的表现，总给他一种凡事都是可以将就的感觉。就好像，在陶绮的世界里，人生原本就是如此，可孟鹤来不觉得。

孟鹤来看着陶绮，轻声地说："让我对你好吧，陶绮，你只管安心接受。"

从前她如何过日子，孟鹤来并不知道，也无意去掀开她人生中的前几页。但他们遇到了，彼此情投意合，那么，他孟鹤来就不只是要给她全部的爱，还要给她所有的好。

他会用所有行动去证明，她值得更好的人生，她本就不必将就，更无须继续将就。

011

二人的结婚日期定在春天。

确定这些时，已经临近春节了。数月过去，房子终于装修完毕，早前定制的家具也全都如期完工。两人趁着年底不忙，一同去归置了一番。原本空荡的房子变得温馨起来，竟有了家的感觉。

推门而入时，玄关背后一角，孟鹤来特别留出了一点儿空间，改成了小小的一方室内花园，两盆龟背竹与天堂鸟放在地上，几盆多肉放在较高处，还有数盆绣球，那是陶绮的最爱，一眼望去绿意盎然，心情也跟着松快几分。

　　家具样式是两人当初一起定下的，而颜色嘛，则是由女主人陶绮定的，一律漆成了白色。

　　新房只待这对新人入住，而入住前，陶绮首先要穿白纱、当新娘。在选婚纱上，陶绮没有操心太多，孟鹤来6岁时就学绘画，直到现在，若是偶尔得空，还会铺开画纸，静下心来作画。

　　于是，孟鹤来就亲自操刀，为陶绮画了一幅婚纱图。画完之后，孟鹤来特地开车去了市里一趟，孟母有位闺蜜，是小有名气的服装设计师，有着一双巧手，针线布料落入她手，就算平平无奇，成品也往往让人惊艳。

　　而孟鹤来，正是去拜托她来帮助自己完成为陶绮设计的婚纱。

　　一提起这件事，陶绮就会假装生气，因为她连图纸都未曾见过，婚纱是长是短，选的又是什么材质的布料，她一律不知。人生头一次做新娘，就连婚纱是否合身都不可知。

　　孟鹤来看陶绮眉头紧皱，并不去安慰她，甚至还故意用略微有些挑衅的语气说："去试穿的时候不就知道了，急什么。"

　　那会儿他们两人走在路上，春节将至，小镇年味儿正浓，基本上家家户户的门上已经贴好了对联，就连街头路灯也换了新装，成了喜庆的红色灯笼。

　　和往常一样，孟鹤来将陶绮送到单元门口；和往常又不一样，孟鹤来在转身要走的时候，将陶绮搂在怀里，一双眼睛深情地望着她，仿佛想要将这个人印刻在自己的生命中一般。陶绮眨巴着眼，盯着孟鹤来看。没忍住，孟鹤来轻啄了她一下，一吻轻落在额头后，这才大步离开了。

回去的路上，竟飘起了雪，孟鹤来拿出手机，给陶绮发微信："快，现在就到窗前去。"

陶绮那会儿正在洗漱，手机放在卧室充电，没能及时回复。等到她吹完头发，回到房间时，这才看到了孟鹤来发来的那条微信。

陶绮拿着手机，走到窗前，轻轻推开一扇窗。雪花随风翻飞，直接扑到她裸露的脖颈上，冰凉，转瞬成水，如孟鹤来刚刚的那一记吻。

临睡前，陶绮给孟鹤来回了一条微信："刚刚去洗澡了，看到了，好大的雪。"

等了五分钟，没有收到孟鹤来的回复，陶绮想他应该是睡了。这几天，新到的家具都是他组装的，劳累的活儿基本上都被他承包了，她在那里看着他忙前忙后，俨然一个监工。

陶绮手指飞快，又编辑了一条微信发送过去："竟然睡得这么香，记得要梦到我！"

将手机放在床头柜上，陶绮翻了个身，也睡了。

窗外飘雪依旧，阵仗比刚刚落下那会儿更大了一些。此时的小镇一片银装素裹，风声猎猎中，陶绮一点儿也不担心做噩梦，因为梦里总有孟鹤来。

０１２

陶绮起了个早，睁开眼就拿起一旁的手机，打开微信，除了系统推送之外，还有一到年底就开始疯狂转发起来的拜年信息。

孟鹤来的朋友圈仍停留在昨晚，一张雪景照是他的最后一条状态。心中虽有疑虑，但陶绮想着，大概是工作太忙，如孟鹤来所说，有时候他们真要是忙起来，简直就像是人间蒸发。

他忙他的，她也有不少事情需要去处理。

最近太忙，昨晚洗头时，陶绮才发现，自己的发梢分叉得厉害，又毛又躁，刚好趁着今天得空去修剪一下。

裹着羽绒服，人才刚走出单元门，雪后的大风便如刀割来，陶绮当时只有一个感受，脸疼。也不知道孟鹤来穿的是不是足够暖和，但人要是真在外面一天，穿得再多也没用。

陶绮刚走两步，就见一辆摩托车直直朝她开来，险些撞到她，陶绮惊魂未定，抬头正想呵斥对方几句，这才发现，眼前不是别人，是孟鹤来的同事小唐。

大概是被风吹的，小唐脸上通红一片，仔细看，好像脸上还挂着泪。小唐见到陶绮后，眼里又噙上了泪水。陶绮心里咯噔一声，直觉小唐带来的不是好消息。

“嫂子，出事儿了！”小唐抹去眼泪，定定地看着陶绮。

陶绮这才知道，原来，昨天晚上孟鹤来刚到家，就被一记电话召回，说是有紧急任务，人手不够，让他迅速到场。孟鹤来挂了电话，骑上摩托车就朝老陈发来的定位处赶去。

人才刚到国道上，对面一辆货车直接超速冲了过来，孟鹤来连人带车就被卷入了车轮下，直接晕了过去。

再醒来时，孟鹤来发现自己已经躺在了医院的病床上，浑身裹着绷带，除了头与眼珠之外，浑身再无可以动弹的地方。人说男儿有泪不轻弹，但那时，孟鹤来的眼泪如断了线的珠子，顺着眼角往下流。

医生跟老陈交谈时，虽刻意压低了声音，但他也断断续续听了个大概——这场车祸，让孟鹤来颈部脊髓受到压迫，能活命已属万幸，而他的下半生，极有可能终生高位瘫痪，痊愈的概率极小。

小唐说完情况，又哭了起来。陶绮原本也在流泪，孟鹤来才刚26岁，他们俩才刚在一起一年，这个冬天一过，春天他们就要举办婚礼了……想到这儿，陶绮告诉自己，她不能悲伤，必须保留全部精力，好去迎接人生给她带来的这场战争，而她，必须要赢。

陶绮猛推小唐一把，吼他："有什么好哭的，人不还没死呢吗？还是不是个男人？"说着，伸出手在小唐脸上胡乱抹了两把，分不清脸上黏黏腻腻的到底是泪还是鼻涕。

再接着，又弯腰捡起了掉在地上的钥匙，递给小唐："走，带我去医院。"

013

出发之前，指天立誓赌咒，要振作起来，可真到了医院门口，陶绮刚一下车，浑身一软，整个人就瘫坐在了地上。陶绮挣扎着站了起来，一路跟跄地跑进去，紧随身后的小唐喊着："嫂子，跑反了，A 栋！"

到了病房门口，老陈拦住了他们，没让他们两人进去。陶绮贴在窗口朝里看的时候，老陈又抬腿给了小唐一脚，低声说："怎么就告诉她了呢？"

陶绮拉着老陈胳膊，什么话都不说，只一味掉眼泪，看得老陈心窝子跟着疼，就像是被人拿刀刺了几下一样。

老陈不是个心狠的人，孟鹤来入所后，就成了他最得意的徒弟。孟鹤来生得俊俏，人又聪明，却不要小聪明，是个老实可靠的好孩子，一直任劳任怨，虽不是血亲，但老陈早将孟鹤来当成了自己的半个儿子。孟鹤来跟陶绮恋爱时，老陈没少叮嘱他，要对陶绮好，不能丢了他老陈的脸。

眼看着，这事儿要成了，俩人年后就要结婚，保不齐隔年就能添上新丁。可……就成了眼下这局面。

老陈没敢告诉孟老太太，给老太太打了一电话，说孟鹤来外派学习，回来时间未定。

所里特批，老陈照顾孟鹤来。老陈见他闷闷不乐，百般询问下，孟鹤来才说："老师，别看我都这样了，但我其实只担心两件事儿。第一，我奶奶年迈，不能尽孝；第二，医生说我高位瘫痪的可能性很大，所以，我没办法对陶绮尽责。但我谁都不怪，只怪自己没那个福分，我们俩只能到这儿了。所以，如果陶绮来，你务必要为我拦着，她要是进来了，我这辈子都记着这件事儿。"

老陈看着孟鹤来，就算他活到这把年纪，还是热泪盈眶。老陈说："医生只是说有可能，万一好了呢？到时候陶儿真嫁人了，你不得后悔死？！我不答应，不仅不拦，我现在就要给她打电话，要亲口问问她，还愿不愿意嫁给你！"

孟鹤来动弹不得，人躺在床上，将头扭着，狂撞床头铁制的护栏，撕扯着一声声怒喊："老师！老师！"

老陈这才没拨出那串数字，放下了手机，走上前，抱着孟鹤来的头："不打了，我答应你。"

孟鹤来看着天花板。从前，他只想做一件事，对陶绮好，跟她一起迎接生命的一切馈赠；而如今，他心里的这件事变了，他只盼着陶绮能赶快忘了他，尽快去开始自己的新人生。

陶绮人贴墙站着，有些虚弱无力。老陈将她往旁边扯了扯，这俩孩子，都得哄着，简直造孽。

老陈低声跟陶绮说："小鹤来不知道啥时候能痊愈，怕耽误你，更不想让你将就半辈子。但你信陈叔，我会不断给他做思想工作的，你先回去，到时候，叔给你好消息。"

陶绮站直了身子，盯着老陈："当真？"

"当真。"老陈说出这两字之后，在心里给了自己一耳光，万一陶绮太轴，万一孟鹤来认死理儿，这俩人，他都对不住。但眼下，他能做的，也只有这么多了，明天的烦恼交给明天，先解决眼下的最要紧。

陶绮听后，明显放下了心来，这才说："那我先走，免得他知道我在门外，也跟着心里不舒服。"说完，急匆匆起身就走了。

陶绮当然不知道，她走的时候，孟鹤来就那么歪着头看着她的背影，苍白的脸上挂了一丝微笑。

014

陶绮没能等来老陈的好消息，先给她结果的，是她妈柴静芝。

柴静芝此前在市医院做体检，被查出身上某处疑似生了肿瘤，后来，又重新检查了一番。春节一过，到了约定去取结果的日子，柴静芝在医院，就那么凑巧，看到了躺在病床上的孟鹤来。

病房内有其他家属出来，柴静芝跟了上去，走出几步把人叫住，几句闲谈下来，这才知道，孟鹤来竟然高位瘫痪了。

怪不得，近来几日，她总见陶绮郁郁寡欢，问她孟鹤来去哪儿了，要么支支吾吾不说，要么就说外派学习去了。柴静芝本以为女儿是为孟鹤来外出学习不高兴，直到看到、听到后，才弄清了原委。

取完检查报告，肿瘤初长，是良性，目前太小，得再过上一阵子才能做手术，柴静芝在回去的路上，一个决定在心中成了形。

到家时，天色已晚，房内漆黑一片，柴静芝喊了一声："陶志忠！"没人回应，陶志忠不在家。柴静芝伸手去按墙上的开关，房内瞬间被灯光盈满，她却被吓了一跳，陶绮一声不吭地坐在餐桌前，脸色难看。

柴静芝最见不得陶绮这样，尤其是一想到她瞒着自己关于孟鹤来的事儿，就更是气不打一处来。她索性直接坐在陶绮面前，拿出手机，翻找到号码后，按下了拨通键。

数秒之后，电话接通，柴静芝就跟人聊了起来："喂，张姐，对，是我。有件事儿，不知道您是不是清楚……好，那我就直说了，您还记得给咱家陶绮介绍的小孟吗？……对，是是是，本来开春就要办婚礼了，但眼下出事儿了，大事儿！"

电话那头，张姐的声音大了几分："什么事儿？"

"您不知道啊。小孟啊，遭车祸了，高位瘫痪……"柴静芝正要接着说下去，原本呆坐的陶绮，噌地起身，一把夺过她手中的手机，朝墙上猛地一砸，机身顿时碎成两半。

柴静芝也起了身，"啪"地给了陶绮一巴掌："行啊陶绮，现在长能耐了，敢砸手机，敢骗人了！要不是我今儿去医院无意发现了，你还打算瞒我到什么时候？是不是打算偷摸把证领了，巴巴等着去照顾小孟呢？！"

一耳光落下来，陶绮有些意外，从小到大，虽说她妈在各种事情上总是将就她，但从没对她动过手，但这很快就被其他情绪盖了过去。陶绮说："孟鹤来他奶奶还不知道这事儿，你这么大嘴巴说出去，到时候老人有个三长两短，你不亏心吗?!"

柴静芝嘴不饶人："就他们家人有病? 我长瘤子了，要做手术，搞不好是癌症，你就不怕我死吗?"说着，竟掉了两滴眼泪，她这么做有什么错，她柴静芝让自己女儿将就一下，挑选一个差不多、合眼缘的人嫁了去，可也没想过让陶绮去当圣母。

陶绮看着桌子上的黄色牛皮信封，拿起来正要拆开，柴静芝一把夺了过去，恨恨地说："我告诉你，你跟小孟这事儿，还真不是你做得了主的，明儿我就去找他们，这婚不结了。就算你想结婚，也可以，我现在就去给你安排相亲，找到了我不拦着。"

说着，柴静芝走到自己房间，"嘭"的一声关上了门。

这是三月已经过半的春日，今年，春来得晚，如今仍有些凉。

陶绮刚刚得了一耳光，脸上红了一片，仍微微有些疼。这 28 年来，她人生所拥有的一切，桩桩件件，几乎快要想不起来，到底有哪个决定是由她自己做的，而又有哪条路是她自己选择走的。

她有主见，但总有"将就"二字在前。不管她开心还是难过，她的任何选择都可以变上一变。她这才意识到，听话懂事的是她，善解人意的是她，但这被将就的，也是她自己的人生。

如今，她不愿再这样过下去了，这一次，她希望自己的人生不留遗憾，哪怕世上没有一人能够理解，她也要去争上那么一争。

28 岁的陶绮，做了一个决定，离家出走。

015

陶绮就这么来了北京，衣服都未带上一件，做的第一件事就是买了一张新的手机卡。

陶绮坐在沙发上，将之前的卡替换下来，旧的那张，则收了起来放入钱包，又拿起手机，给孟鹤来与老陈分别发上一条信息。一切处理妥当后，这才抬眼看我，无力一笑："这一路上没敢开机，我妈肯定已经疯了。"

陶绮躺在沙发上，眼睛微微闭了起来，眼圈下一片青色，看来这一路上必然心情复杂，没能好好睡上一觉。

我刚想告诉她，次卧早收拾出来了，回房间里踏踏实实休息吧。嘴巴刚张开，还没来得及出声，陶绮伸出一只手来，斜我一眼："朋友一场，别劝我，就让我消停这么一段时间。"

"没打算劝你，只是想告诉你，我下午刚给次卧换了四件套。"话音刚落，陶绮直接起身，走进卧室栽倒在床上，没一会儿，微微传来了鼾声。

关好了门，我决定去厨房把中午买来的食材提前处理一下，以免等陶绮醒来饿着肚子吃不上一口热饭。购物袋内，空心菜碧绿，细叶长杆；平菇朵朵相叠，伞面银灰；小排已经剁好，大小均匀。拧开水龙头，我就着水清洗起这些食材来。

　　窗外雨水淅淅沥沥，陶绮逃也似的离开的北方小镇，难得是艳阳天。

　　柴静芝失魂落魄，坐在一旁的陶志忠推过来一杯水，说："喝点儿水吧，你这不吃不喝也不是办法。"

　　柴静芝剜了他一眼，好像女儿只是她一个人的，一点儿也没见他担心，中午吃饭那会儿甚至还比平日里多添了一碗米饭。柴静芝起身，朝外面走去，人已经到了门口了，又回过头，喊道："陶志忠，你还坐着干吗，跟我一起出去，到她朋友那去问问啊！"

　　也不等陶志忠，她又火急火燎地走了，嘴里还嘟囔着，怎么永远都指望不上这个人？算了，半辈子都过去了，真要问责，也怪她早早对此不重视，想着将就一下，没想到，一将就，就将就了几十年。

　　那几天，柴静芝夫妻二人将能想起来的亲戚朋友，都拜访了一遍 每次都是抱着希望前去，最后失望而回，答案一律是"没来过，最近也没有任何联系"，好像大家商量好了一样，陶绮在这光天化日之下，凭空消失了。

　　柴静芝心情郁郁，最近这段时间，有时候半夜听到一点儿动静，就立刻从床上爬起来，开了灯，开了门，楼道里空无一人，风声猎猎，顺着袖管扑上来。

　　回到床上，柴静芝再也睡不着，心里乱糟糟的，她怎么都想不明白，陶绮怎么就铁了心，认定要跟那个高位瘫痪的孟鹤来过下去。

　　大概是陶绮疯了，柴静芝心想，要么就是自己疯了，不懂年轻人在想什么，明知前面就是火坑，怎么拉扯都没用，非要跳下去，好日子过够了，非想去吃点儿苦。

016

有天清早，起了大风，窗外的树枝被吹得斜了起来，尘土跟着就扬起来了，钻到屋子里。

柴静芝去陶绮房内关上最后一扇窗，回身时，一个恍惚，仿佛回到了旧时光里，眼见还没长大的陶绮就坐在凳子上，手里捧着一本租来的连环画。柴静芝喊了一声："陶绮！"这才意识到，是自己思虑过度，出现幻觉了。

柴静芝走到陶绮床前，坐了上去。

那会儿陶绮还在读书，回来时，总会趴在那张梳妆台前写作业，在学习上，陶绮没让他们夫妻二人操过心，墙上贴满的奖状就是最好的证明。

有好几年，柴静芝和陶志忠两人都早出晚归，靠摆水果摊来维持生计。常常到家时已经是深夜，陶绮睡着了，柴静芝就坐在她现在坐的位置上，看上女儿两眼。

如今，柴静芝坐在女儿的房间里，房间里一切如旧。因为陶绮是离家出走，所以基本上什么东西也没带。木质衣柜的一扇柜门大敞着，里面衣服挂了几件，一眼看过去就能数得清。

那件蓝色毛衣，是陶绮考上大学那年，柴静芝在商场里给她买的，去年秋天她还在穿；那件白色长款羽绒服早发黄了，是陶绮表姐原本要丢掉的，被柴静芝带了回来，成了陶绮的，少说穿了几年。

衣柜最下头存放内衣的收纳盒里，内衣叠得整整齐齐，其中有两件是柴静芝在批发市场买来的，并不贴身。陶绮抱怨过两次，但还是穿了，只是每次清洗的时候，搓得格外用力，似乎想要把它搓烂一样。

而就在此刻，她身下坐着的这张床，质地粗糙，每当晚上陶绮翻身时，总会摇摇晃晃发出响声。而她，就在隔壁的房间内大喊着："陶绮，你老老实实睡觉，别老翻来翻去！"

陶绮那年个子长了一大截，柴静芝这才买下了这张床，长度似乎只有一米四，讨价还价后付了钱，为了省点儿运送费，自己骑着三轮车把它拉回了家。

陶绮十一二岁时躺上去，直到现在，还没有换掉。

陶绮有好几次委婉地表示，床太小了，希望能换一张大一点儿的，柴静芝总有理由拒绝。

大学暑假，柴静芝以读大学要住校，在家待的时间少，犯不上买新床为理由，没让买。

大学毕业，回来工作，有次陶绮发了薪水，打算下午去家具店买张新床，她听了之后，直说："你还能在家待几年？再相两次亲，把婚事定了，就嫁人了，现在买就是浪费。"

陶绮说："我就是……"

连话都没等陶绮说完，柴静芝直接打断："睡了那么多年，怎么现在就不能睡了？我看着也没坏，跟新的一样。"

陶绮没再说话，闭了嘴，柴静芝对此十分满意，拿出十块钱，递给她："去，买瓶酱油。"

017

手在床上摸了摸，床尾处有一块微微凸起来的地方，让整个床面有些不平整。柴静芝掀开被褥，这才发现，床面木板上破了一个洞，一本薄书垫在上面，起码堵了那个洞。

柴静芝躺到床上，她不如陶绮高，都无法将身体彻底放直摆正了睡。这么多年，当她自己真正睡在这张床上时，才明白，为什么陶绮总说要换床，也终于清楚，为什么陶绮睡觉时总是将身体抱成一团。但她从没注意过这些，见她睡姿不好，还会挖苦上两句。

从前，柴静芝总觉得，为人父母，对于陶绮，她只差没有掏心挖肺了。不夸张地说，柴静芝无数次自认为，她给了陶绮一切。但好像，事实并非如她所想。

她抱着满腔思念走到这个房间，而目之所及的每个物件，似乎都成了为她定罪的证据。陶绮心中真正想要的是什么，她柴静芝从不知道，因为陶绮的选择与坚持，总能被她的"将就论"打败。

柴静芝无法自控，眼泪顺着眼角流下来。

她是如何成了这样的人呢？

一切问题的答案，都可从岁月中捡拾。

柴静芝嫁给陶志忠那年，也不过才 22 岁。

陶家不富裕，一家五口，除开父母，陶志忠上有一哥哥，下有一妹妹，唯一的财产，就是家里的几间草房子。风来摇摇欲坠，遇雨房间如溪。

一家人倒也努力勤恳，但靠那一亩三分地辛苦种田赚来的钱，常常没能焐热，就又跟水一样流向了别处。庄稼一年有两季可种，可这一家人每天都要吃饭。

柴静芝心一横，带着陶志忠在街头支了一个茶水摊位，三分钱一碗。风里雨里坚持了一年多，寒冬腊月也要坐在风口叫卖，即使手上生了冻疮，也舍不得喝上一口热茶，心里总想着，这一杯被别人买去，就是三分钱的收入。

如此又过了半年，有天柴静芝和往常一样提水，忽然有些干呕，这才意识到，自己怀孕了。

于是，此后的力气活儿都被陶志忠包揽了。她呢，只需要坐在凳子上，有人来买茶水时，她冲洗杯子，给人倒上一杯，客人走了，再清洗杯子。

每回晚上收摊时，腿总是肿得厉害，手指一戳，就出来一个印子，久久不见消去。

能抱怨什么？能把日常温饱解决，少有积蓄，已然如此艰难，又有什么资格挑挑拣拣？别人看来是将就，对她柴静芝而言，则是福气。

再后来，陶绮出生了，一切都在发生变化。柴静芝她哥见自己妹妹过得辛苦，给了她一笔钱，又介绍了水果批发市场的人给柴静芝，柴静芝这才撑起了一个水果摊位，日子自此开始见好。

苦日子离了场，但在那段艰难岁月里，将就却早成了一个习惯，像块胎记一样，永远跟随着她了。

柴静芝不以为怪，因为多年成习惯，自己早就运用自如了。只是她从未想过而且也不知道，这一习惯，对陶绮造成的伤害，绝非一星半点。

而现在，陶绮第一次想要为自己的人生争取一下，她又一次站到了陶绮的敌对面，并且看似再次赢了这一局，却将陶绮的心伤得七零八碎。

柴静芝想，如果联系上了陶绮，她一定不会恶语相向。但有一件事，她还是会问上一问，如果陶绮深思熟虑，知道自己的决定将意味着什么，她可以狠狠心，亲手将女儿交给孟鹤来。

将就她，不如成全她。将就是痛苦，成全是幸福，柴静芝还是知道这些道理的，而她作为母亲，当然希望自己的女儿能过得幸福。

018

陶绮在北京待了两个星期。

在这两个星期的时间里，她读完了我书架上所有的图书。每晚有时间，我们两个人会到公园里跑步，她总是冲在前面的那一个，我在后面紧追慢赶。而等我到了终点，她已休息完毕，开始进入了第二轮跑。

有天得闲，我们两人一起去了趟颐和园。湖心内，荷叶从水中探出，有些才露出尖尖一角，有些已然全部撑开，接连一片。春风一吹，摇摇摆摆，而风过之后，总会回归到最初的状态。

最妙的是，在这万绿丛中，有一朵荷花早开。陶绮站在那儿，看了很久，回转过身时，看着我说："我决定回去了。"

"怎么这么突然？"我确实不明白，毕竟，事情并未解决，回去仍要陷入混乱局面。

陶绮自顾朝前走着，我与她并肩而立，她在徐徐晚风里说道："忽然觉得，老在这儿躲着有什么意思呢？我想要的人生，原本就只能自己去争取，或许即便真去争取了，未必能够如愿，但往后回想起来，不至于觉得遗憾。人生里有些事，就算真的只能将就，也要先试一试不将就那条路是不是行得通。"

对此，我深以为然，点了点头，但很快意识到，她只顾着朝前走，哪里顾得上看我，于是小跑着，冲她喊："说得特别好！"

　　陶绮在隔日一早乘飞机，离开了北京。至于回时路上，陶绮是否会觉得后悔，我并不担心，她已经成熟到知道自己想要的人生是怎样的，更明白为了心中所想，需要付出什么。那我还担心什么呢？

　　陶绮一走，我的生活又恢复了此前的状态，离家数千公里，独自一人生活，虽然偶尔会觉得孤独，但更多的时间里，心中生出的想法是：一个人得有多幸运，才能够按照自己的意愿过一生。

019

　　陶绮飞机落地后，做的第一件事，是直奔医院。

　　和第一次完全一样，一路小跑，到病房门前时，整个人气喘吁吁。陶绮定睛朝病房内看了一圈儿，并未见孟鹤来的身影，心里略略有些失落。

　　在门外走廊的台阶上坐了一会儿，陶绮起了身，决定回家。

　　一路上，陶绮幻想了无数种可能，但没有任何一种得到应验。她原以为，看到她的第一眼，她妈柴静芝一定会拍案而起，还会附赠一顿痛骂。

　　陶绮推门而入时，柴静芝手里拿着抹布在擦餐桌，抬头发现进来的人是陶绮。柴静芝拿着抹布，激动地冲向陶绮。陶绮闭上了眼，等待挨揍。柴静芝冲到陶绮跟前，张开双臂，一把抱住了陶绮，在陶绮背上轻拍了两下。

　　陶绮愣了一下，她感到柴静芝的身体在微微颤抖。柴静芝强忍着不让自己哭出声来，但眼泪还是落到了陶绮的脖子上，冰冰凉凉。

抱了好一会儿，柴静芝才松开陶绮，抹去脸上两行泪："快去洗个热水澡，换身干净衣裳。"柴静芝催着陶绮去洗澡，眼睛却没从她身上离开，这让陶绮多少有些不自在。

陶绮走进卧室，一张崭新的大床呈在眼前，她有些不可置信，大声问："妈，这床什么情况？"

一回头，就看到了门外的柴静芝。柴静芝捋捋头发："才发现你从前那张床那么小，就买了。妈跑了好几家家具店，把他们店里的床试了个遍，这个最好，床垫不软不硬，睡上去最舒服。"

陶绮眼圈一红："妈……"

依然和往常一样，柴静芝打断了陶绮的话，回道："别说了，妈知道，妈知道。"

020

陶绮去了所里一趟，在走廊尽头的抽烟处，找到了老陈。

老陈蹲在地上，手中的烟只剩下最后一截，猛抽了一口，抬手把烟头熄了，丢到烟灰盒里。还没来得及起身，就见眼前多了一双脚，抬眼一看，正是陶绮。

老陈一激动，猛地站起来，一把拽住陶绮的胳膊："死丫头，最近跑哪儿去了？听你妈说你离家出走了，你妈哭得眼睛都肿得跟桃儿一样！"

　　陶绮听后，略有些自责，但还是绕过这些客套话，直接问老陈："我去医院了，没找见你们，陈叔，孟鹤来他去哪儿了？"

　　"在你们装修的房子里，从医院回来后就住进去了，你要不要去看看他？"最初，陶绮还会每天跑去通过老陈了解孟鹤来的情况，但没几天，整个人凭空消失了一样。老陈只以为这丫头心狠，还真的能让自己忘掉这一切，进入新生活。这是老陈私心里的想法，他也希望陶绮过得幸福，但希望那个陪着陶绮的人，是他徒弟孟鹤来。

　　直到有一天，柴静芝到所里来咨询人员失踪的问题，老陈这才知道，柴静芝母女二人发生争吵后，陶绮离家出走了，去向成谜。

　　老陈没敢把这事儿告诉孟鹤来，锁死放在了心里。但小唐从来都是大嘴巴，没隔两天，这事儿就被孟鹤来知道了。

　　孟鹤来心急如焚，让老陈去推轮椅，老陈急了，吼了他一句："你现在这样儿能帮上什么忙？你有这心，先把你现在的态度改改，积极配合康复训练！"

　　"那……老师，你去帮我安排一下康复老师，现在就要。"孟鹤来依旧不能动，一双眼睛盯着老陈。

　　"等着！"老陈叹了一口气，去请了康复老师。

　　又隔了一个礼拜，孟鹤来身体状态稳定，不需要待在医院了，这才回了家。孟鹤来每天最积极的事儿，就是在请的护工的帮助下做康复训练。

　　再者就是，每逢见到老陈或是小唐，孟鹤来总是一副欲言又止的样子。老陈知道，他心里还记挂着陶绮，哪怕说让陶绮去追求自己的新人生，但实际上，孟鹤来比谁爱陶绮都多。

"去看看他吧。"老陈看向陶绮，陶绮点点头。

不一会儿，小唐骑着摩托车，后面载着陶绮，出了大院儿门。人影消失在老陈的视线里，他站在大门口，磕了磕烟灰，又叹了一口气。

021

小唐将陶绮送到单元门口，就没再继续跟着了，他说："嫂子，我就不上去了，你跟我哥，好好聊。"

陶绮点点头，没有着急去乘坐电梯。她站在楼下盯着 12 楼，盯着 1228 的窗子看了很久。

窗子护栏里，摆着一盆绣球，明明还未到花季，竟在四月将要结束的这一天，在黄昏里团团簇簇开了起来，淡蓝的颜色，兀自为黄昏添了一抹色彩。

她还记得跟孟鹤来从市场把它买回来那天，她一直絮絮叨叨不停："万一不是婴儿蓝怎么办？"陶绮之前买过一株，买时卖家告诉她是淡蓝色，陶绮辛辛苦苦照料，从生出花苞一直等到盛开，才发现，开出来的花儿五颜六色，俗气不堪。

那时，孟鹤来手上搬着一盆天堂鸟，说话声音有些喘，但依旧好脾气地回她："那就再买一盆，直到是你喜欢的那个颜色为止。"

真的是淡蓝色，陶绮笑了一下，低头朝电梯走去。

门在装修时改为了密码锁，密码是他们两人的生日数字组合，陶绮熟练输入后，门开了。房间里亮着灯，却不见人影。

陶绮走到卧室门前，隔着半敞开的门，见护工正抬着孟鹤来的腿，引导他做动作，孟鹤来眉心紧促，看得出有些辛苦，但并未叫停。

陶绮所站的位置，恰能将卧室内的一切收入眼底。房内一切物件摆放都是此前他们所定的位置，一点儿没变。陶绮的视线扫视到阳台上时，眼泪忽然就掉下来了。

阳台上，自动晾衣架上，所挂的衣服，仅有一件。自动晾衣架应该是升到了最高处，但衣服下摆仍离地面很近。

选用的布料材质是白纱，被服装师精心裁成长裙，裙身层层叠叠营造出刚刚好的蓬松度，最外一层白纱上，则缀着大小不一的珍珠。

那是孟鹤来亲手为她画下的婚纱，如孟鹤来这个人一样，世上只此一件。只是这个傻子，这样的婚纱放在日光下曝晒，也不担心颜色有损。

有风吹来，白纱随风摇摆。

护工拿着毛巾，为孟鹤来擦去汗水，今日的康复训练比昨日耗时更长。

抬眼时，护工又看到了这件婚纱，虽不是头一次见，但仍旧觉得好看，只是不知挂在这里意义何在。她当然不知道，只有看着这件婚纱，孟鹤来才会更有动力，才会更积极地去做康复，更快好起来。

孟鹤来叹了口气，跟护工说："麻烦您还是和之前一样，帮我收起来，挂到衣橱里去吧。"

睹物思人，想一个人，孟鹤来从来不怕，他只怕思念带来的连锁效应，为他已经变得沉重的人生再增加重量。他每天只看这么一段时间，不敢贪多。

陶绮站在门外，看着孟鹤来神色郁郁。她没着急推门，而是如往常一样，高喊了一声："孟鹤来！"

"到！"床上那人条件反射般地直接应道。没有人注意到，孟鹤来的左手无名指抖了两下。孟鹤来缓缓将头转了过来，循声看了过去。

她来了。